고요에 머물다

— 노자 그 한 줄의 깊이

장석주

서문

숲에서 우는 매미 소리의 기세가 약해진다. 매미가 맹렬하게 울고, 태양이 공중에서 타오르던 여름이 지나고 있다는 신호이다. 녹음은 시들고, 태양의 열기는 잦아든다. 단 한 번의 여름이 지나가고 지나간 것은 돌아오지 않는다. 곧 숲속 나무에 단풍이 들고 바람은 찬 기운을 머금겠지. 여름 숲은 본성의 명령에 따라 짝짓기에 열중하던 곤충들로 가득 차 있었지. 끓어 넘치는 생명력, 그 에로스의 열탕 없이는 생명의 번창도 없다. 에로스는 생명의 동력이자 바탕이다. 그토록 제 생명을 작열시키던 생물들은 소슬한 기운 속에서 제 생을 마칠 채비를 서둔다. 매미와 잠자리 따위의 곤충들은 어느 날 찬 서리 맞으며 숨을 거두고 자취를 감춘다.

여름이 끝날 무렵 일상의 달콤함은 씁쓸해지고, 어떤 우정은 느슨해지고, 삶의 낙관은 돌연 비관으로 기운다. 밤하늘에 은하수와 별이 가득 뜬 밤에 우리는 먼 미래를 호출한다. 인류세의 저 너머로 뻗친 알 수 없는 미래. 미래 너머의 미래. 그 미래는 예측할 수 없다. 도무지 알 수 없기에 불안하고 두렵다. 지금 살아 있는 누구도 그 미래에 도착하지 못한다. 그 자명한 사실을 누가 부정할 수 있는가? "미래가 가장 거세게 소용돌이치는 시간은 정작 미래가 아니라, 지금이다."[1] 『도덕경』을 다시 손에 든 것은 내 현존의 안쪽을 물들이는 불안과 두려움을 잠재우기 위해서다. 『도덕경』을 처음 읽은 뒤 가슴에 벅차오르던 평온함을 잊을 수가 없다. 시골살이의 고적함에서 벗어나고자 손에 든 책이었는데, 나는 뜻밖에도 어떤 광맥을 찾은 듯했다. 그것은 벼락같이 떨어진 경이이고, 눈이 번쩍 뜨일 만한 발견이었다. 모르던 것을 배우고 익히니, 즐겁지 아니한가! 그 흥분과 떨림은 스무 해 넘은 세월 저쪽의 일이 되었지만 지금도 생생하다.

철학은 인간에게서 이끌어낸 명제나 이론을 풀어내고 펼치는 그런 정태적인 활동이 아니다. 철학은 해석이 아니라 항상 철학함이다. 그것은 흐름이거나 약동이며 운동성이다! 가장 좋은 철학은 항상 존재의 사건으로 스미고 섞이며 삶을 빚는다. 철학함에는 진리가 작동하는 방식이 스며들고 그 안에서 한껏 부풀다가 폭발한다. 철학함은 말 안에 사유와 상상의 역동의 자리를 찾아주는 일, 역동성에 제 삶을 섞고 포개는 일, 차라리 말을 절

---

1   김홍중, 『은둔기계』(문학동네, 248쪽.)

대적 현존의 장소로 삼아버리는 일이다. 철학자란 철학이라는 장소를 만드는 자의 이름이다. 중국 춘추시대 초나라에 살았던 철학자 노자는 세계에 대한 기존의 해석학적 이해를 깨고 뒤집는다. 그의 절학무우(絶學無憂)는 철학의 부정이고, 앎의 헛발질에 대한 부정이다. '절학'을 통해 '무우'를 얻어낸다. 배움의 인위를 끊어내고 무위의 안녕함에 자신을 맡긴다. 이때 근심은 자질구레한 삶의 폐단이다. 그것은 존재 안의 움푹 팸, 삶의 불충분함, 결여로서의 실재성이다. 어쨌든 노자는 합목적적인 명제와 질문들을 부정하며 무지의 지를 향해 나아간다. 그는 지혜의 여명에 몸을 담근 채로 끈질기게 사유의 전환을 요구한다. 도와 덕, 무위와 자연은 그의 철학함이 빚은 지혜의 화육이다. 노자는 그 시대에 너무 일찍 온 자, 그 자체로 새로운 이데아의 출현, 새로운 패러다임이었을 것이다. 노자가 철학의 중심이었던 적은 없었다. 어쩌면 노자는 철학의 변두리를 떠도는 낭인이었을지도 모른다.

노자와 오늘과는 2000년 이상의 시차가 엄연하다. 사마천은 『사기』에서 노자가 주나라의 장서를 관리하는 사람이었다고 말한다. 오늘날 국가 문서를 관리하는 사람, 혹은 국립도서관의 관장쯤으로 생각하면 될 것이다.

노자는 훌륭한 군주가 두터운 덕과 무위로 다스리는 이상국가를 꿈꾸었던 것일까? 그 꿈의 실현이 난망해지자 노자는 주저함이 없이 보라색 소를 타고 속세를 떠나 자취를 감춘다. 전설에 따르면 그는 속세와는 절연된 채로 은거지에서 120세를 살았다고 하고, 더러는 200세를 살았다고 한다. 사후에 편집된 『도덕경』은 도와 덕에 관한 노자 철학의 집약이다. 도란 무엇인가? 도에 대한 가장 범박한 정의는 "도란 인간의 생각을 닮은 길"[2]이다. 노자가 말한 도의 핵심은 '도법자연(道法自然)'에 고스란히 들어 있다. 도는 자연, 스스로 그러함을 본받는 것이다. 형체도 없고 형상도 없는 도가 우주의 본질이라면, 자연은 도의 구현체이다. 덕은 도의 방법적 실천이고 그 활용이다. 노자는 도가 무너지고, 덕이 자취를 감춘 당대의 혼란을 염려하여 처세의 도리와 방법을 바로 세울 절실한 필요에 응해 이런 가르침을 펼쳤으리라.

"가장 좋은 덕은 덕이라고 하지 않으니 덕이 있다" 같은 구절에서 드러내듯이, 반어(irony)와 모순어법(oxymoron)으로 이루어진 아포리즘들, 노자의 형이상학적 경구들을 한군데 집약한 『도덕경』을 나는 복잡한

---

2   최진석, 『생각하는 힘, 노자인문학』(위즈덤하우스, 70쪽.)

세상을 헤쳐 나가는 삶의 기술이자 치세의 원리, 즉 통치의 조언을 담은 제왕학으로 읽었다. 『도덕경』은 고대의 현자가 꿈꾼 도를 핵심으로 하는 이데아에 대한 탐구, 혹은 탁월한 정치철학으로 읽을 수도 있겠다. 다시 한번, 노자의 철학은 반(反)철학이다. 반철학은 아무도 시도하지 않은 기획에 뛰어들고, 당대의 동시성을 품고 그것을 넘어간다. 그래서 주류의 도덕과 가치를 거스르며 그것과 충돌한다. 그것이 미래를 선취하는 철학이고, 전복한 철학이며, 소요를 일으키는 철학이라는 점에서 나는 내 사유에 덕지덕지 달라붙은 낡은 관행과 퇴행을 떨쳐내고, 신생의 힘을 수혈하기 위해, 또한 존재의 도약과 활공을 위해 『도덕경』을 받침대로 쓰고자 했다. 삶이 가장 곤궁하던 시절 그것을 벗어나기 위한 하나의 탈주선으로 끌어온 것이다.

　노자는 도가 만물의 주인이라고 믿었다. 아마 도가 우주만물에 미치지 않는 바가 없는 까닭이었으리라. 도를 따르는 방법은 무위에 처하는 것이다. 노자가 권하는 "무위를 행하라"라는 것은 아무것도 하지 않음을 일삼으라는 뜻이다. 그런 맥락에서 노자 철학의 바탕은 도와 덕이고, 무위는 도와 덕의 방법적 실천이다. 무위란 곧 '무위자연'이다. 그것은 행동하지 않음, 즉 무엇을 이루고자 아무것도 하지 않음이다. 동아시아에서는 예로부터 자연의 순리를 거스르지 않는 태도는 널리 권장되는 것이었다. 동양에서 무위는 한가로움에 처하는 것, 유유자적하며 노니는 것 따위를 품는다. 옛 동양 시인의 시구를 떠올려보자.

평화로이 아무것도 하지 않은 채 앉아 있네
봄이 오고, 풀은 저절로 자라나네

계절의 순환과 풀의 자라남에는 사람이 개입할 여지가 없다. 그냥 두어도 저절로 이루어지는 일이다. 이와 같은 '아무것도 하지 않음', 무심함으로 현상 세계의 변화에 대처함이 무위다. 미묘하고 지혜로운 노자 철학은 자연을 모범으로 끌어들이고, 무위를 가장 좋은 삶의 형식으로 제시한다. 무위가 고요의 동학(動學)이라면, 그것은 고요 속의 운동이거나 활동하고 생산하는 고요다. 산을 등지고 큰물(저수지)을 앞에 두고 살 때 나는 자주 고요 속에 머물렀다. 고요의 한가운데서 몸은 움직임을 끊고 미동도 하지 않았지만 내 안에서는 무언가 끊임없이 움직였다. 나는 멀리서 흐르는 물소리, 바람 소리, 멀고 가까운 데서 우는 새소리에 귀를 기울였다. 몸을 부려서 무언가를 하지 않으니 '나'는 아무것도 하지 않음 속에 있었지만 그것은 나태가 아니라 부지런함이다. 하지 않음에 부지런한 상태. 무위는 바로 하지 않음에 부지런한 상태이다. 그렇다면 왜 무위인가? 내 생각에 이것은 노동의 수고와 삶의 고갈에 대한 처방이다. 무위는 제 존재를 필요 이상으로 소모하는 것, 자기 자신에 대한 일체의 수탈을 멈추고, 초월적 수동성에 머무는 것이다. 이것의 목적은 자연과의 조화 속에서 삶의 여유를 누리고자 함, 즉 제 안의 정기가 흩어지는 것을 막고자 함이다.

　무위를 아는 것은 쉬운 일이 아니다. 삶은 무언가를 이루려는 욕망과 의지가 그 동력이 아닌가? 그것을 멈추는 것은 삶의 방기가 아닌가? 도는 항상 함이 없다. 이게 무위에 대한 풀이이다. 무위는 함이 없는 상태, 기교나 인위를 배제한 채 스스로 그러하도록 놔두는 것이다. 무위란 어린 시절 시골길에서 흔히 보았던 검게 굳어진 소똥이다. 아니 그 검게 굳은 소똥 위에 하늘하늘 떨어진 하얀 벚꽃 잎이다. 롤랑 바르트가 무위를 설명하기 위한 근거로 제시한 "응고물의 철학", "응고물학"이 떠오른다. 이 서양 철학자는 동양의 무위가 "외면적으로 움직이지 않는 삶에 대한 욕망, 싸우지 않는, 그 어떤 변화도 지향하지 않는 욕망"이라고 말한다. 바르트는 사유의 비약을 거쳐 무위에 씌워진 애매모호한 베일을 걷고, 그것이 "일종의 겸허한 수동성", "자기 자신의 절대", "드러내놓고 하는 자기 자신에 대한 긍정으로 되돌려진 내면성, 그리고 거기에서 재발견되는 것"이라고 말한다.[3]

독일의 루르 대학교에서 철학교수로 있던 군터 숄츠는 "철학의 발상지는 바다다. 철학의 근본원리는 물이기 때문이다"[4]라고 단언한다. 기원전 600년 고대 그리스의 탈레스는 생명의 근원과 사물의 궁극적 원리를 물에서 찾아낸다. 만물은 변화하는데, 변하지 않은 채로 만물의 변화를 아우르는 제일의적 근거가 물이라고 주장한 탈레스는 물이 우주의 근본 원리라고 했다. 만물을 지배하는 단 하나의 원리를 물에서 찾으면서 그는 철학의 창시자가 되었다. 그리스의 자연철학자들이 텔레스를 따라 물을 보며 사물의 근원과 궁극의 원리를 사유했다. 원리란 만물이 생겨나는 근원이자 만물이 돌아가는 궁극의 귀착점이다. 아리스토텔레스는 탈레스의 이 궁극의 원리를 근원을 뜻하는 그리스어 '아르케'란 말로 표기했다. 물은 고대 그리스의 자연철학자들을 매혹시키고, 고대

---

3   롤랑 바르트, 『롤랑 바르트, 마지막 강의』 (변광배 옮김, 민음사, 268쪽)

4   군터 숄츠, 『바다의 철학』 (김희상 옮김, 이유출판, 15쪽)

동아시아의 철학자들을 사로잡았다. 동양의 철학자들은 물에서 생명의 원리를 찾아내고 물을 자신의 철학 개념을 풀이하는 뿌리 은유로 가져다 썼다. 골짜기의 작은 개울물이나 너른 들판을 사행하는 큰 강물, 모든 흐르는 물의 최종 도착지인 바다가 다 이들의 사유를 자극했다. 공자는 물을 오래 관조하면서 물에 대한 사유를 키우고, 노자는 물에서 도의 개념을 이끌어냈다. 장자, 맹자, 묵자, 한비자 등도 물의 움직임과 성질을 자신의 철학적 원리를 설명하는 데 사용했다.

노자는 "강과 바다가 백 개의 골짜기 물을 다스릴 수 있는 까닭은 강과 바다가 골짜기의 물보다 낮은 위치에 있기 때문이다"라고 했다. 물에서 도의 원리를 투시하고 무위 철학을 "상선약수(上善若水)"라고 함축한다. 물의 덕성에 매혹된 공자는 강가에 서서 물을 찬미하며 "물이여, 물이여!"라고 감탄한다. 이어서 "지나가는 것은 다 이와 같구나. 밤낮으로 그 흐름이 약해지지 않는구나"라고 했다. 제자 자공이 "큰 강물을 바라볼 때마다 항상 관조하는데 그 이유가 무엇입니까?"라고 공자에게 물었다. 공자가 입을 열고 "모든 곳으로 퍼져나가고 모든 것에 생명을 주면서 아무것도 하지 않는 물은 덕과 같다. 아래로 흐르면서 꾸불꾸불 돌지만 항상 같은 원리를 따르는 물의 흐름은 의와 같다. 솟아올라 결코 마르지 않고 흐르는 것은 도와 같다. 수로가 있어 물을 인도하는 곳에서 듣는 그 물소리는 반항하는 울음소리 같고, 백 길의 계곡을 두려움 없이 나아가는 것은 마치 용과 같다. 수평을 재는 자로 사용할 때의 물은 마치 법과 같다. 가득해서 덮개가 필요 없을 때의 물은 마치 정과 같다. 물은 유순하고 탐색적이어서 가장 작은 틈으로 들어가는데, 이때의 물은 마치 찰과 같다. 물을 거치거나 정화되는 것은 선하게 되는 것 같다. 만 번이나 꺾여 흐르지만 항상 동쪽으로 흘러가는 것은 마치 지와 같다. 이것이 군자가 큰 강물을 바라볼 때 항상 관조하는 이유다"라고 대답한다. 또 다른 제자가 맹자에게 "공자가 물에서 본 것은 무엇입니까?"라고 묻자, 맹자는 "원천으로부터 흐르는 물은 앞으로 솟아올라 밤낮으로 끊임없이 흐른다. 그 흐름은 빈 곳을 채우고 다 채운 다음 앞으로 나아가 바다로 흘러간다. 근원이 있는 것은 모두 다 이와 같으니, 공자가 취한 원리도 마찬가지이다. 7, 8월에 비가 모여 도랑이 모두 채워지지만 그 도랑의 물은 서서 기다릴 정도로 쉽게 마른다. 그러므로 타고난 능력보다 과분한 명성을 얻는 것을 군자는 수치스럽게 여긴다"라고 대답했다.[5]

『도덕경』은 내 사유방식, 가치관, 대인관계와 같은 삶의 여러 부면에 영향을 끼쳤다. 동서양을 막론하고 널리 읽히는 동양 고전 중의 하나인『도덕경』은 고대 동아시아에서 성립된 지혜의 철학이고, 지적 콘텐츠의 집대성이다.『도덕경』의 숱한 번역서와 해설서들이 나와 있지만 그것들은 놀랄 만큼 제각각이다. 천진한 꽃들의 개화, 즉 백화제방이다. 과연 이 동양적 지혜의 집합이 오늘의 삶에도 여전히 유효할까? 그 유효성은 현실에서 써먹을 수 있음, 즉각적인 쓸모, 즉 자기계발의 실용성에 있지 않다. 노자 철학이 기초 교양으로 삼는 도와 덕, 자연과 무위 따위는 오늘날에는 아무짝에도 쓸모가 없는 뜬구름 잡는 이야기일지도 모른다. 그것을 배워서 써먹을 데가 마땅치 않다.

　　'한 줄의 깊이'라고 말할 때, 그 '한 줄'은 지혜의 압축 파일이고, 귀 기울여 들을 만한 비밀과 진리의 응축, 무지에서의 돌연한 깨어남이다. 그 '한 줄'은 저 먼 곳에서 긴 세월을 건너 우리에게 온다. '한 줄'은 맹금처럼 달려와서 머리를 쪼고 할퀴며 삼킨다. 우리가 그 '한 줄'에

5　　사라 알란,『공자와 노자, 그들은 물에서 무엇을 보았는가』(오만종 옮김, 예문서원)에 나온 것을 재구성했다.

기꺼이 스스로를 내줄 때 우리는 새롭게 태어날 수도 있다. 노자의 '한 줄'은 그 깊이를 헤아릴 수 없을 만큼 아득하고 지극하다. 바라건대, 당신이 살아버린 날과 다가오는 근미래의 날들에 안녕이 깃들기를, 그리고 노자의 『도덕경』을 읽었든 그렇지 않든 간에 시절 인연이 닿아 이 얇은 책을 손에 넣었다면 부디 이것을 읽고 씹어삼켜 자기 안의 무지를 깨고 나가는 사유의 계기로 삼기를!

2022년 늦은 봄
장석주

도라고 말하는 도는 항상 그러한 도가 아니다

도가도 비상도 道可道 非常道

○ 도라고 말하는 도는 항상 그러한 도가 아니다. 부를 수 있는 이름은 항상 그러한 이름이 아니다. 이름이 없는 것은 천지의 처음이고, 이름이 있는 것은 만물의 어머니이다. 그러므로 항상 욕심이 없는 것으로 미묘한 본체를 살피고 항상 욕심이 있는 것으로 그 순환하는 현상을 살핀다. 이 둘은 같은 곳에서 나왔으나 이름을 달리하니 둘다 현묘이다. 현묘하고 또 현묘하여 모든 미묘한 것이 나오는 문이다. 도를 도라고 말하면 늘 그러한 도가 아니다. 〈1장〉

사람의 아상(我相)이란 그윽하고 현묘한 것으로 보이지만, 그 실상은 헛것입니다. '나'를 우주의 중심으로 믿고 끌어안고 사는 것은 허망한 그림자놀이나 마찬가지입니다. '나'를 한참 들여다보고 있으면 낯섭니다. 우리가 '나'라고 믿는 것, 개체적 동일성으로 이루어진 '자아'는 헛것일 뿐만 아니라 실패의 궤적, 불우의 흔적, 소외의 리듬입니다. 운명의 돛을 올리고 키를 잡고 방향을 가늠하며 어딘가로 데려가는 것은 '나'가 아니라 '나'를 구속하는 시간입니다. 우리가 '나'라고 믿는 아상은 진실하지도 아름답지도 않습니다. 본디 그것이 헛것, 백일몽이기 때문입니다. '나'는 다만 찰나에 나타났다가 사라지는 그림자와 같은 것일 뿐.

　하늘은 검고 땅은 누렇습니다. 그런 세상에 와서 나는 내가 누구인지 도무지 모른 채 살아왔다는 게 부끄러웠습니다. 시골에서 사는 동안 불현듯 노자를 만나고 장자를 만났습니다. 노자를 만나고, 장자를 만나면서 내가 깨달은 것은 내 안에 존재하는 두터운 무지의 벽입니다. 무언가 거대한 벽에 머리를 쿵, 하고 부딪치는 것만 같은 아득함 속에서 노자와 장자 읽기를 거듭했는데, 그 미묘하고 심원한 것의 한 자락을 어렴풋하게 붙드는 순간이 왔습니다. 그리하여 내가 찾은 것은 삶의 즐거움이었습니다. 그 즐거움이란 변화무쌍한 날씨 속에서 아주 오래전에 내가 잃어버린 것입니다.

　『도덕경』의 첫 장을 펼쳐 읽습니다. 그 첫 문장이 "도를 도라고 말하면 늘 그러한 도가 아니다[道可道 非常道]"입니다. 더러는 도가 말해질 수 있다면 영원한 도가 아니다, 라고 옮기기도 합니다만 노자는 왜 말로 이를 수 있는 도는 진정한 도가 아니라고 했을까요? 여기서의 '상(常)'은 영원불변이 아닌 것, 즉 변화의 지속일 뿐입니다. 영원불변은 인간의 허상에 지나지 않습니다. 도는 크고, 말은 작습니다. 말이란 언어 표상입니다. 언어 표상은 그 한계 때문에 도의 깊이와 무한함을 감당할 수가 없습니다. 도는 미묘한 본체이고, 우주의 순환하는 현상을 포괄합니다. 노자는 도를 가리켜 "현지우현 중묘지문(玄之又玄 衆妙之門)"이라고 하는데, 현묘하고 또 현묘하여 모든 미묘한 것이 나오는 문이라는 뜻입니다. 현(玄)은 검다는 뜻인데, 여기서 현은 중첩하여 쓰이고 있습니다. 현을 두 번 겹치니 그 검음의 깊이는 아득하고 헤아릴 길이 없다는 얘기입니다. 그러니 그 아득하고 헤아릴 길 없는 도를 말로 담아낼 수는 없습니다. 무릇 큰 도는 말로 형용할 수 없는 그 무엇입니다. 말의 형용으로 도를 담으려면 도는 사라집니다. 그러니 도는 말할 수 있으면 영원한 도가 아닙니다. 이름의 분별 속에 갇히면 도는 항상 그러한 도의 궤에서 벗어납니다. 노자는 여러 곳에서 도는 무위하고 무형의 것이라고 말합니다. 본디 도는 이름이 없습니다. 도에 이름을 붙이면 도는 그 이름에 갇히게 됩니다. 도는 무형이고 헤아릴 수 없는 무한인데 이름[분별]에 가두고 나면 도는 사라진다는 것입니다. 그렇다면 도란 무엇인가요? 노자는 "이것을 형상이 없는 형상이라 하고, 사물이 없는 상이라고 하니 이것을 일러 황홀하다고 한다"(『노자』, 14장)라고 했습니다. 도를 규정하려는 노력은 어려운 일입니다. 도는 천도의 근원으로서 천지의 운행을 있게 하는 본질을 가리킵니다. 도는 천

23

지가 있기 이전에 먼저 존재했습니다. 도는 이름도 없고 형체도 없이 시작도 끝도 없이 만물의 그러함 속에서 작용할 뿐입니다.

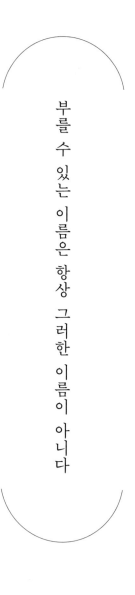

부를 수 있는 이름은 항상 그러한 이름이 아니다

명가명 비상명 名可名 非常名

26

○ 　도라고 말하는 도는 항상 그러한 도가 아니다. 부를 수 있는 이름은 항상 그러한 이름이 아니다. 이름이 없는 것은 천지의 처음이고, 이름이 있는 것은 만물의 어머니이다. 그러므로 항상 욕심이 없는 것으로 미묘한 본체를 살피고 항상 욕심이 있는 것으로 그 순환하는 현상을 살핀다. 이 둘은 같은 곳에서 나왔으나 이름을 달리하니 둘 다 현묘이다. 현묘하고 또 현묘하여 모든 미묘한 것이 나오는 문이다. 도를 도라고 말하면 늘 그러한 도가 아니다.

〈1장〉

　‘아무도 없어요?’라고 할 때 ‘아무’는 특정하지 않은 누군가를 가리킵니다. ‘아무’가 관형사로 쓰일 때 ‘아무’는 어떤 의미도 감당하지 않습니다. ‘아무의 모과’는 이름이 없습니다. 그것은 특별할 것이 없는 모과라는 뜻과 누군가의 모과라는 이중의 뜻을 품습니다. 누군가의 창가에 모과 몇 개가 놓여 있습니다. 그 모과는 아주 평범한 것입니다. 어디에서나 볼 수 있는 그 “아무의 모과”는 창가에서 저 혼자 향기를 뿜어내며 썩어갑니다. 그럴 때 나는 돌연 어떤 이름을 떠올립니다. 세월이 흘렀으니 아무렇지도 않을 법도 하련만, 당신은 아직 내 마음에 각인된 “첫서리 같은 이름”으로 서늘합니다.

이름은 이름대로, 실재는 실재대로 따로 있습니다. 그 둘의 결합은 우연이 작동한 것입니다. 아리스토텔레스는 아리스토텔레스라고 부르는 사람입니다. 애초 '아리스토텔레스'는 아무 의미도 없는 텅 빈 지시체에 지나지 않습니다. '아리스토텔레스'라는 이름은 아리스토텔레스를 구성하는 성분적 요소와 아무 상관도 없습니다. 그런데 그 언어체가 아리스토텔레스와 연관됨으로써 그것은 의미로 거듭납니다. 이름 없음은 아직 태어나지 않음과 같습니다. 내가 당신의 이름을 불러주었을 때 그 이름으로 호명된 당신은 의미의 존재로 다시 태어납니다. 당신은 당신에게 부여된 이름을 뚫고 솟아 나옵니다. 하지만 당신은 이름에 귀속되지 않습니다. 왜냐하면 당신은 이름보다 큰 실재이기 때문입니다. 이 말은 이름이 어떤 선험성이나 필연성을 갖지 않는다는 뜻입니다. 놀라워라, 애초 이름은 텅 빈 기호이지만 그것이 당신에게 얹힘으로써 특별함을 얻습니다.

이름이란 존재의 발명입니다. 이름은 존재의 새로운 발견이고, 없던 것의 새로운 발명입니다. 세상에 의해 제 이름이 호명되는 것, 그것은 세상의 합목적적인 세계로 들어선다는 뜻입니다. 사람들은 제 이름이 널리 알려지는 것을 좋아합니다. 이름이 알려지면 여러모로 이롭기 때문입니다. 더 많은 기회를 얻고, 더 많은 재화를 벌어들일 수 있습니다. 이름을 가짐으로써 사물은 제 존재를 드러내며 이것과 저것의 분별을 가능케 합니다. 분별은 다툼의 근원입니다. '이름 없음'이 무명이라면 '이름이 널리 알려짐'은 유명입니다. 오랫동안 '이름 없음'의 세계에 살았습니다. '이름 없음'으로 지내던 때는 어리석음에 머무르는 시절이고, 아무도 알아주지 않는 시절입니다. 누구에게나 그것은 쓸쓸한 일입니다. 그 무명 시절을 겪으면서 나는 조금 더 강해질 수 있었습니다. 똑똑한 것들은 늘 이름 없는 누군가를 가르치고, 계몽하며, 교화하려고 듭니다. 세상은 그게 좋은 줄 알지만 그것은 이름 없음보다 아래에 속합니다. 그러니 노자는 이름 없음의 소박함으로 세상의 똑똑한 것들을 억누르겠다고 했겠지요. 이름 없음은 도의 본질인 소박함에 더 가깝기 때문입니다.

　애초에 도는 형상도 없고, 이름도 없다고 했습니다. "이름이 없는 것은 만물의 처음이다"라는 말에 주목해볼까요. "도는 무명이다"라는 정언은 『도덕경』 기저에 깔린 기초적 교양입니다. 이름은 본질이 아니라 실질의 손님에 지나지 않습니다.[6] 노자는 "도라고 말하는 도는 항상 그러한 도가 아니다"라는 문장과 "부를 수 있는 이름은 항상 그러한 이름이 아니다[名可名 非常名]"라는 문장을 나란히 둡니다. 두 문장의 철학적 함의와 그 비중이 같다는 암시입니다. 도와 명(名)의 관계를 따지는 일은 쉽지 않습니다. 체용론을 빌려 설명하자면, "도는 본체이고, 명은 그 드러난 작용 또는 기능입니다."[7] 일반적으로 이름은 누군가를 분별하고 호명하는 기호이고, 아무것도 아님에서 하나의 개별자로 떼어 냄이고, 존재의 사회적 개시(開示)라고 할 수 있습니다. 이름이 차이와 분별의 시작이라면 이름이 없는 것들은 그저 하나의 덩어리로만 존재합니다. 이름을 불러줄 때 비로소 존재가 나타납니다. 만물이 있고, 만물은 이름을 가짐으로써 그 실재를 드러냅니다. 이름을 갖게 되면 이름 없는 것들의 덩어리에서 분리됩니다. 하지만 이름은 실재나 그 실재를 구성하는 성분들을 포괄하지 않습니다. 이름은 하나의 고유명사일 뿐이지 "한 다발의 성질들"[8]과 무관합니다.

---

6   장자의 「소요유」 편에 "이름은 실질의 손님일 뿐"이라는 표현이
      나옵니다. 이름은 수시로 변화하는 것일 뿐, 변하지 않는 영구불
      변의 속성이 아니라는 뜻입니다.
7   김홍경, 『노자-삶의 기술, 늙은이의 노래』(들녘, 523쪽)
8   솔 클립키, 『이름과 필연』(정대현·김영주 옮김, 필로소픽, 106쪽)

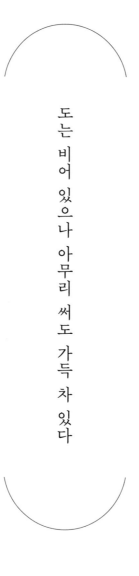

도는 비어 있으나 아무리 써도 가득 차 있다

도충이용지혹불영 道沖而用之或不盈

○ 　도는 비어 있으나 아무리 써도 늘 가득 차 있고 넘치지
　않는다. 깊고 넓어서 만물의 근본으로 오롯하다. 날카
　로운 것을 무디게 하고, 복잡한 것을 풀며, 빛을 부드럽
　게 하여 티끌에도 뒤섞이건만 맑고 고요함이 늘 그대로
　있는 것 같다. 나는 그 도가 누구의 자식인지 알 수 없으
　나 아마 우주를 다스리는 조물주보다도 먼저 있었던 것
　같다. 　　　　　　　　　　　　　　　　　　（4장）

　　마가목은 하얀 꽃이 피고 가을에 달리는 열매는 붉
고 탐스럽습니다. 추운 곳에서 잘 자라는 나무로 알려져
있습니다. 거실에 마가목 열매를 넣고 알코올 도수가 높
은 술을 채운 유리병이 있습니다. 밖은 눈 쌓여 백색으
로 뒤덮인 풍경일 테고, 실내에는 마가목 열매로 담근 술
이 붉은빛으로 숙성 중입니다. 마가목 붉은 열매로 담근
술이 익는 동안 나무들은 내부에 나이테를 하나씩 만들
며 키가 자랍니다. 소년들은 나이테가 생기듯 한 계절을
날 때마다 키가 자라고 나이를 먹습니다. 이 세상 어딘가
에 마가목 열매로 술을 담그는 집이 있고, 그런 집엔 춥
고 스산한 시절이 빨리 지나갔으면, 그리고 빨리 어른이
되었으면 하고 조바심을 치는 소년이 있습니다. 마가목
이 하얀 꽃을 피우는 동안 소년들을 기르는 것은 부모가

아닙니다. 부모는 소년을 낳았을 뿐 기르는 것은 자연의 도, 그리고 그들이 무수히 저지르는 과오와 실수들입니다. 소년들은 도의 작용에서 멀어지면서 땅에 추락합니다. 그들은 땅에 추락하면서 별의 시절을 잃습니다. 소년들은 추락한 별들입니다. 소년들의 마음속에 가득 찬 것은 부서진 별의 잔해들입니다. 소년들은 도를 몰라도 도는 소년들을 품습니다.

도는 만물이 나고 죽는 근원입니다. 근원은 시작이고 끝이며, 태어나는 자리가 돌아갈 궁극의 자리입니다. 만물은 도에서 나와 도로 돌아갑니다. 도는 음양의 중간 지대에 있는 허공과 같다고 합니다. 도의 작용은 음과 양에 두루 미칩니다. 그러므로 만물이 생기를 가지고 활동하는 동안 만물은 도의 작용 속에서 조화로움을 지킬 수가 있습니다. 도를 일컬어 "충이용지혹불영(沖而用之或不盈)"이라고 했습니다. 노자는 도의 특질을 충(沖)에서 찾아냅니다. 충은 비어 있음의 사이 공간, 음양의 기운이 분별없이 합쳐지는 중간 지대입니다. 그것은 아무리 써도 비워지지 않고, 그렇게 늘 가득 차 있습니다. 노자는 도가 비어 있는 듯 보이지만 가득 차 있고 넘치지도 않는다고 보았습니다. 이 구절은 "크게 채워진 것은 비워져 있는 듯 보인다"(『노자』, 45장)라는 내용과 호응합니다.

도는 고요해서 마치 있는 듯 없고, 바닥을 알 수 없는 심연과 같습니다. 도는 깊고 깊어 만물이 발생하는 근원이며, 아무것도 하지 않는 듯하지만 실은 모든 것에 작용합니다. 도는 날카로움을 깎아 무디게 하고, 복잡하게 헝클어진 것을 가지런히 풀며, 대립하는 것을 뒤섞습니다. 소년이 자라는 일이나 세속의 일은 도와 상관이 없어 보이지만 실은 도의 작용 속에서 이루어집니다.

쏟아붓는 소나기는 온종일 내릴 수 없다

취우부종일 驟雨不終日

○ 말을 많이 하지 않는 게 무위자연이다. 회오리바람은 아침 내내 계속 불지 못하고 쏟아붓는 소나기는 온종일 내리지는 못한다. 누가 이렇게 하는가? 그것은 천지가 하는 일이다. 천지가 이것을 계속하게 못 한다면 하물며 사람은 더 어쩌랴. 그러므로 무위자연을 따르는 사람은 도에 이르러 그 도와 하나가 되고 덕에 이른 사람은 그 덕과 하나가 되며 도와 덕을 잃은 사람은 그 잃음과 하나가 된다.　　　　　　　　　　　　　　　　　　　〈23장〉

마른하늘에 비라더니요! 가을 날씨의 청명함이 무색하게 후드득 비가 뿌립니다. 느닷없이 쏟아지는 빗줄기에 거리 여기저기에서 짧은 탄식이 터지며 우산들이 급하게 펼쳐집니다. 이 모든 사태는 한순간에 벌어지는데, 다행히 우산을 준비한 연인은 한 우산 아래에서 비를 피합니다. 하지만 우산은 항구적으로 안전하게 비바람을 피할 수 있는 지붕이 아니라 잠깐 비를 피할 수 있는 임시방편일 뿐입니다. 쉽게 펼치고 접는 우산 아래서의 사랑은 찰나에 끝나는 사랑, 불장난 같은 사랑입니다. 누가 우산 아래에서 끝나지 않는 사랑을 할 수 있을까요? 그것은 불가능한 일입니다. 진짜 돌이킬 수 없는 사랑을 하고 싶은가요? 그렇다면 우산이 아니라 두 사람이 안식처를 꾸릴 수 있는 지붕을 마련해야 합니다.

시골에서 혼자 지낼 때는 며칠씩 입을 다물었습니다. 혼잣말을 중얼거린 적도 있지만 대개는 아무 말도 하지 않고 지내는 날이 많았습니다. 봄은 따뜻하고, 겨울은 추웠습니다. 여전히 입을 닫고 말이 없었습니다. 간혹 개울물 소리에 귀를 기울이고, 모란과 작약이 피는 기척에 가슴이 설레곤 했습니다. 헤어진 이는 멀리 있으니 안부를 물을 길이 없었습니다. 가끔 마루까지 비가 들이닥쳐 내 안의 고요를 들여다보고 돌아갔습니다. 물은 흐르고, 복사꽃은 폈다가 지며, 달은 찼다가 기울었습니다. 노모가 헌 옷가지와 읽던 성경 한 권만 덩그러니 남기고 이승 떠난 뒤 수제비도 팥죽도 더는 없었습니다. 굶을 수는 없으니 이틀이나 사흘에 한 번 전기밥솥에 밥을 지었는데, 전기밥솥이 저 혼자 끓다가 밥이 다 되었다고 소리를 내며 알려줍니다. 고적한 생활 속에서 가끔씩 말 걸어주는 전기밥솥아, 네가 고맙구나!

회오리바람으로는 아침 내내 계속 불지 못하고[故飄風不終朝], 소나기로는 온종일 내리지 못합니다[驟雨不終日]. 바람이 불고 비가 내리게 하는 것은 무엇인가요? 그것은 천지가 하는 일입니다. 천지를 움직이는 것은 도입니다. 노자는 말을 적게 하고 오직 자연에 따르라고 이릅니다. 그게 도에 가깝기 때문입니다. "희언자연(希言自然)"이라는 경구는 말을 적게 함은 자연에 가까운 것이라는 뜻입니다. "자연"은 "무위자연"의 준말입니다. 왜 말을 많이 하지 않는 게 무위자연에 더 가까운 것이라고 했을까요? '희(希)'는 '소(小)'와 같습니다. 아울러 '희언(希言)'과 '눌언(訥言)'은 같은 뜻입니다. 자연은 말이 없습니다. 자연은 말이 없어도 스스로 그러함으로 충만합니다. 그러므로 말이 적음은 자연에 가까운 일입니다. 말이 많은 것은 자연에서 벗어나는 것입니다. 말은 늘 자의성과 일회성과 즉흥성으로 이루어지는 까닭에 실수의 가능성을 품습니다. 그게 말의 성질이고 운명입니다. 자연은 무위이고, 말은 꾸밈이며 인위입니다. 기세등등하게 불어제치는 회오리바람도, 거침없이 쏟아붓는 소나기도 그치고 맙니다. 천지자연도 이런데 하물며 사람의 일은 어떻겠습니까? 말이 많으면 난망합니다. 말에 실천이 따르지 않으면 신용을 잃고, 세상의 평판이 나빠집니다. 말은 간명한 삶을 권유하는 도에서 자꾸 벗어납니다. 그러니 말을 적게 하고, 자연을 따르면 어떨까요.

굽으면 온전해진다

곡즉전 曲則全

40

○ 굽으면 온전해지고, 구부림으로써 곧아진다. 물은 움푹 팬 웅덩이로 모이고, 옷은 해지면 새것으로 갈아입고, 욕심이 적으면 얻으며, 지식이 많으면 미혹되는 법이다. 그러므로 무위자연의 성인은 하나인 도를 지켜 천하의 본보기가 되는 것이다. 성인은 자기를 내세우지 않기에 스스로 빛나고, 스스로 옳다 하지 않기에 그 올바름이 세상에 드러나며, 공을 자랑하지 않기에 그 공을 차지하고, 스스로 우쭐대지 않기에 오래간다.　　　　（22장）

당신과 헤어진 건 바보 같은 짓이었습니다. 뒤늦게 깨닫고 후회를 씹었습니다. 밖으로 나가자. 밖으로 나가자. 당신의 목소리가 환청으로 들렸습니다. 적산가옥 몇 채만 남은 쇠락한 항구에는 실연한 남자가 한둘쯤 살아갑니다. 그들은 해가 뜨면 일어나 직장을 나가고, 퇴근하면 돌아와 맥주를 들이켜며 티브이에서 송출하는 드라마를 아무 감동도 없이 시청합니다. 밤이 깊으면 티브이를 끄고 잠듭니다. 다시 날이 밝으면 똑같은 하루 일과를 되풀이합니다. 죽지도 않고 오래 사는 실연자라니! 실연자는 말을 잃고 살아갑니다. 그는 다른 사람과 어울려 놀 줄도 모르고, 아무 생각도 없이 하루하루를 살아갑니다. 그런 삶의 태도는 자아의 방기라고 말할 수 있겠습니다.

생에서 '별의 순간'을 잃은 사람의 눈에 비친 바다는 온통 얼음 평원입니다. 죽은 물새 떼, 죽은 군함, 손에 들린 것도 죽은 바다. 사랑이 끝나면 모든 게 죽습니다. 산 자는 실연 뒤에도 죽지 않고 살아가는 법. 그렇건만 실연은 그걸 견디는 자의 가슴에 통증을 남기는 시련이자 상처일 터입니다.

노자는 "곡즉전(曲則全)", 즉 굽으면 온전해진다고 했습니다. "다즉혹(多則惑)", 즉 많으면 미혹에 빠진다고 했습니다. '곡(曲)'은 '전(全)'에 미치지 못하지만 어쩐 일인지 굽어야 온전하다고 말합니다. 노자의 수사학에서 두드러지는 것은 정언약반(正言若反)입니다. 정언약반은 정(正)을 반(反)으로 뒤집어 완성하는 것, 반대편으로 되돌아감, 즉 반으로써 바름에 닿는 역설과 반어의 수사학입니다. "반대쪽으로 되돌아가는 것이 도의 활동이다[反者道之動]"라는 명제를 잘 따르는 한에서 노자는 무시로 정언약반의 수사학을 구사합니다. 이를테면 "밝은 도는 어두운 것 같다[明道若昧]", "나아가는 도는 물러서는 것 같다[進道若退]", "평탄한 도는 울퉁불퉁한 것 같다[夷道若纇]", "큰 사각은 각이 없다[大方無隅]", "큰 그릇은 이루어짐이 없다[大器免成]", "큰 소리는 소리가 없다[大音希聲]", "큰 모습은 모습이 없다[大

象無形]", "크게 이룸은 결핍된 것 같다[大成若缺]", "크게 참은 비어있는 것 같다[大盈若沖]", "크게 곧음은 굽은 것 같다[大直若屈]", "큰 재주는 서투른 것 같다[大巧若拙]", "크게 말함은 어눌한 것 같다[大辯若訥]" 따위가 그렇습니다. 따라서 "굽은 게 온전한 것이다"라는 것도 정언약반에 따른 수사학으로 이해할 수 있습니다. 세상은 곧은 것을 유용한 것으로 받아들이고, 굽은 것은 쓸모가 없다고 여깁니다. 곧고 쓸모 있는 게 오래가고 굽어서 쓸모없는 것은 수명이 짧은 것 같지만, 곧은 나무는 그 쓸모 때문에 빨리 베어지고 굽은 나무는 쓸모가 없어 오래 살아남습니다. 지나치게 곧은 것은 그 강직함을 굽히지 않으려고 하기에 꺾이기가 쉽습니다. 대나무같이 휘어지고 굽히는 성질을 가진 나무는 태풍 속에서도 쉬이 꺾이지 않습니다. 굽은 나무가 타고난 제 수명을 다 누립니다. "곡즉전"의 지혜를 조금 더 일찍 깨우쳤더라면 내 우직함도 달라지지 않았을까요?

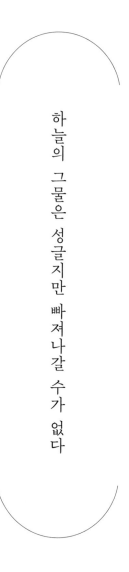

하늘의 그물은 성글지만 빠져나갈 수가 없다

천망회회 소이불실 天網恢恢 疎而不失

44

○　감히 하는 데 용감하면 죽을 것이고 감히 하지 않음에 용
　감하면 살 것이다. 이 두 가지 중에서 어떤 것은 이롭고
　어떤 것은 해롭다. 하늘이 미워하는 바 그 이유를 누가
　알겠는가. 그러므로 하늘의 도는 싸우지 않고도 잘 이기
　고 말하지 않고서도 잘 응하고 부르지 않아도 스스로 찾
　아오고 느긋하지만 잘 도모한다. 하늘의 그물은 성글지
　만 빠져나갈 수가 없다. 　　　　　　　　　　　（73장）

　　조락과 죽음을 피할 수 없는 겨울로 들어서는 초입
입니다. 한해살이 초본식물은 시들고, 뱀은 동면에 들기
위해 허물을 벗어두고 사라졌습니다. 떠나는 것은 왜 늘
허물은 벗어놓고 갈까요. 그 생각을 하느라 인생 전반부
를 다 허비해버렸습니다. 인생의 의미를 깨달으려면 겨
울의 초입에서 돌연 사라진 뱀을 떠올리는 게 좋습니다.
허물을 남긴 채 사라진 뱀과 바닥에 납작 엎드려 살아남
은 그 누군가를 떠올리며, 바닥을 쳐본 자의 내성을, 슬
픔을, 고통을 곱씹어보는 것입니다. 그게 짐승이든 인간
이든 돌팔매질 당하면서도 살아남은 것은 자랑스러운 일
입니다. 바닥을 쳐본 자의 고통과 내성이 마침내 세계를
다 품을 것이기 때문입니다.
　　바다를 단번에 만들 수는 없습니다. 우선 작은 냇

물 백 개를 만들까요. 세상 사람 모두를 선량하게 바꿀 방법은 없습니다. 우선 교도소 벽이라도 분홍색으로 칠해 볼까요. 탈세를 하고 부정한 뒷돈 받아 챙기며 쩨쩨하게 살던 자가 갑자기 개과천선해서 신선(神仙)이 될 수는 없습니다. 악인들을 교도소에 보내는 대신 산중에 모아 두고 아무 일 시키지 말고 초여름 산에서 우는 뻐꾸기 소리나 경청하게 할까요. 한 석 달 밤낮을 뻐꾸기 소리나 귀 기울이게 할까요. 혹시 그의 마음이 미적 황홀경에 들어 작은 물결이 일고, 그가 손톱만큼씩 착하게 될지 누가 알겠습니까!

노자는 "용어감즉살 용어불감즉활(勇於敢則殺 勇於不敢則活)"이라고 했습니다. 감히 하는 데 용감하면 죽을 것이고 감히 하지 않음에 용감하면 살 것이다, 라는 뜻입니다. 감히 하는 데 용감한 사람은 물러설 줄 모릅니다. 그런 사람을 강직하다고 말하는데, 강직한 사람은 난세에 수도 없이 죽어나갔습니다. 그러나 감히 하지 않음에 용감한 사람은 제 생명을 부지할 수가 있었습니다. 하지 않음으로 싸움을 회피하고 물러설 줄 알았기 때문입니다. 하지 않음에 용감한 사람은 제가 유약하다고 여겼을 게 분명합니다. 그들은 싸우지 않고도 잘 이기는 사람입니다. 노자의 도에 따르면 강직하면 죽고, 유약하면 생명을 보존할 수 있습니다. 노자가 중국이 여러 나라로 쪼개져 전쟁과 분란이 많았던 전국시대의 사람이란 사실을 떠올려보세요. 나라마다 징병이나 성을 쌓는 일에 강제로 동원되는 일이 많았습니다. 다행히 성한 몸으로 돌아오는 사람도 있었지만 몸을 상하거나 죽는 일도 허다했습니다. 그 당시 제 몸을 건사하고 목숨을 부지하는 일은 아주 중요한 일이었습니다. 감히 하는 데 용감하면 죽을 것이고 감히 하지 않음에 용감하면 살 것이라고 했지만, 더러는 감히 하는 데 용감한 자가 생명을 부지하고, 감히 하지 않음에 용감한 자가 먼저 죽임을 당하기도 했습니다. 아마도 그런 뜻에서 노자는 "이 두 가지 중에서 어떤 것은 이롭고 어떤 것은 해롭다. 하늘이 미워하는 바 그 이유를 누가 알겠는가"라고 했을 터입니다.

　　노자는 "천망회회 소이불실(天網恢恢 疏而不失)"이라고 했습니다. 하늘의 그물은 넓고 넓어 성글지만 빠져나갈 수가 없다는 뜻입니다. 인상적인 경구입니다. "하늘의 그물"이란 무엇인가요? 그것은 하늘의 도가 작용하는 범주입니다. 사람이 하는 일은 아무리 촘촘해도 빠져나갈 데가 있지만 하늘이 하는 것은 듬성듬성해도 빠져나갈 데가 없습니다. 하늘의 도를 벗어나면 해롭고, 그것을 지키면 이롭습니다. 자꾸 인위로 무언가를 이루고자 하면 그 수고로 몸이 괴롭습니다. 하늘의 도를 따르는 것은 자연의 이치에 순응하는 것입니다. 무언가를 하고자 할 때 억지로 하지 않고 도에 머물며 무위로써 느긋하게 도모하면 이롭습니다.

비어 있음으로 그릇의 쓰임이 있다

당기무유기지용 當其無有器之用

50

○　서른 개의 바큇살이 바퀴통에 모여 있으나, 바퀴통 복판이 비어 있음으로 쓸모가 있다. 진흙을 이겨 옹기그릇을 만드나, 그 한가운데가 비어 있음으로 쓸모가 있다. 문과 창을 만들어 방을 만드나, 안이 비어 있음으로 방으로 쓸모가 있다. 그러므로 있음이 이로운 것은 없음이 쓰임이 되기 때문이다.　　　　　　　　　　　　　　（11장）

　　후박나무 아래를 걸어갈 때 바람 한 점도 없는데 공연히 후박나무 잎이 떨어지며 어깨를 툭, 칩니다. 마치 당신의 다정한 손길인 듯해서 화들짝 놀랐습니다. 개다리소반에 받치고 쓰던 편지를 차마 맺지 못한 채 고개를 묻었습니다. 헤어진 당신의 안부를 묻다 가슴이 먹먹해진 탓입니다. 잘 지내시나요? 당신의 안녕함을 묻는 것은 당신의 안녕함이 곧 나의 안녕함인 까닭입니다. 당신과 헤어진 뒤 나는 귀 먼 영혼으로 살았습니다. 당신과 헤어지고 이 세상에서 나의 쓸모는 다한 듯했습니다. 내 몸은 마음의 공동(空洞)을 안고 떠돕니다. 내 존재 안은 텅 비어 있습니다. 간혹 텅 빈 내 마음 깊은 곳에서 메마른 바람 소리가 울립니다. 먼 데서 바람이 불면 혹시 당신의 기척인가 허리를 곧추세우고 귀를 기울이곤 했습니다. 이 스산한 계절도 부디 잘 지내십시오!

다들 있음의 쓸모에 현혹되어 있을 때 없음의 쓸모를 역설한 것이 도가의 철학자들입니다. 있음과 없음의 이로움을 뒤집어본 것입니다. 노자는 "삼십폭공일곡 당기무유거지용(三十輻共一轂 當其無有車之用)"이라고 말합니다. 서른 개의 바큇살이 바퀴통에 모여 있으나, 바퀴통 복판이 비어 있음으로 쓸모가 있다는 뜻입니다. 왜 수레의 바큇살이 서른 개인가요? 옛날에 수레의 바큇살을 서른 개로 만든 것은 한 달의 날수를 본뜬 것이라고 합니다. 유[있음]는 무[없음]로 말미암아 그 이로움을 발현한다고 본 것입니다. 진흙을 이겨 옹기그릇을 만드나, 그 한가운데가 비어 있음으로 쓸모가 있다는 것도 같은 뜻입니다. 흔히 무언가가 비어 있다고 한다면 덜 채워진 것, 또는 모자란 것이라고 여깁니다. 비어 있는 상태는 자주 열등한 취급을 받습니다만 과연 비어 있음은 열등한가요? 옹기그릇, 방, 반지 따위가 다 비어 있음을 씁니다. 비어 있는 부분은 쓸모가 없다고 여기지만 옹기그릇, 방, 반지 따위는 그 쓸모없는 비어 있음을 쓸모의 바탕으로 삼습니다. 만약 비어 있음이 없다면 그것들은 아무짝에도 쓸모가 없을 것입니다. 우리는 모양 있는 것을 빚으며 애써 그 한가운데 텅 빈 부분을 만듭니다. 없음으로써 쓰임을 도모하기 위함입니다. 쓸모없음을 쓸모로 삼을 때 그것은 천박한 실용주의의 허를 찌르고 그 강고함을 무찌릅니다. 실은 허를 품고, 유는 무를 품습니다. 실과 허, 유와 무는 상극이지만 서로 작용하여 쓸모를 만듭니다. 노자는 그 사실을 꿰뚫어보았습니다. 그랬으니 "고 유지이위리 무지이위용(故有之以爲利 無之以爲用)", 즉 있음이 이로운 것은 없음이 쓰임이 되기 때문이라고 말한 것입니다.

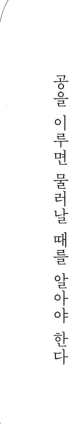

공을 이루면 물러날 때를 알아야 한다

공수신퇴 功遂身退

○ 가득 차 있는 상태를 억지로 유지하려는 것은 어리석은 일이다. 두들겨 날카롭게 벼린 칼은 오래가지 못하고 금은보화를 집안에 쟁여둔다고 해서 그것을 언제까지나 제 소유물이라고 할 수는 없다. 부귀하여 뻣뻣해지면 스스로 화를 부른다. 공을 이루었으면 물러나는 것이 하늘의 도다.   (9장)

함박눈 내리는 날 세상은 적멸의 고요에 감싸입니다. 그 고요에 귀를 기울이면 세상은 작은 소리로 가득 차 시끄럽습니다. 그 소리는 귀로 듣는 게 아니라 눈[目]으로 듣는데, 누에가 뽕잎을 갉을 때 내는 소리와 닮았습니다. 함박눈 내리는 마당을 누에방이라고 말한 시인이 있었습니다. 수천 마리 누에가 뽕잎을 갉고 누에똥을 누며 자라서 마침내 섶에 올라 누에고치를 짓습니다. 누에방에 가득 찬 고요한 소음이 마치 함박눈 내리는 소리와 같습니다. 함박눈 내리는 날은 집안에 금은보화를 쟁여둔 게 없어도 마음이 그득하고, 먹지 않아도 배고프지 않을 것 같습니다. 아, 함박눈 내릴 때는 종일 일손을 놓은 채 눈꼽재기창으로 마당을 내다보며 눈 쌓이는 소리에 귀 기울이고 싶습니다.

노자는 "공수신퇴(功遂身退)"라고 말합니다. 공을

이루었으면 물러날 때를 아는 것이 하늘의 도라는 뜻입니다. 물러날 때를 알아서 잘 물러나는 것이 하늘의 도이며 덕입니다. 덕은 어리고 연한 것들을 연민으로 품는 마음입니다. 덕이 있는 사람은 잘 물러납니다. 덕이 없음은 둔중하다는 뜻입니다. 덕이 없는 사람은 제 공을 자랑하면서 권세에 기대기를 좋아합니다. 그들은 제 권세의 자리에서 잘 물러나지 않습니다. 이룬 공은 없지만 이렇게 한 걸음 뒤로 물러서서 살게 된 것을 고마워합니다. 그렇지 않았다면 노자나 장자와 친해질 아무런 계기도, 마음의 고요를 관조하는 날들도 없었을 것입니다. 이게 나의 작은 덕입니다. 낙향한 지 십 년 차가 넘을 때 내 조촐한 살림을 돌아보았습니다. 살림 규모도 달라지고, 생활 방식도 달라졌음에 기꺼워했습니다. 내 마음의 형질도 달라졌을까요? 아무리 생각해도 마음의 본바탕은 달라진 게 없는 듯 보입니다. 사람의 본성은 쉽게 달라지지 않습니다. 인생의 작은 성취에 우쭐거리던 나는 어쩌면 "가득 차 있는 상태"였을지도 모릅니다. 아무것도 가진 게 없는 지금보다 예전의 내가 더 행복했다고 말할 수는 없습니다. 사업이 번창했지만 나는 작은 성공에 만족하지 못했습니다. 더 큰 성공이 손에 잡힐 듯했습니다. 생활의 방편을 목적으로 착각하며 사는 동안 내 내면의 기율은 흐트러졌습니다. 그걸 나 혼자만 까마득히 몰랐습니다. 어리석은 사람들이 그렇듯이 앞으로 나설 줄만 알았지 뒤로 물러설 줄 몰랐습니다. 사업을 작파한 뒤 겨울의 논밭에 고라니 뛰노는 시골구석으로 들어와 거친 밥을 먹으며 살게 될 줄을 어찌 알았을까요! 한 치 앞도 모르는 게 사람의 일입니다.

도는 스스로 그러함을 따른다

도법자연 道法自然

○ 어떤 것이 혼돈스러운 모습으로 이루어져 있으면서, 천지보다 앞서 살고 있다. 아무 소리도 없고 아무 모양도 없구나. 홀로 서 있으며 달라지지 않는다. 미치지 않는 곳이 없이 운행하면서도 어그러지지 않으니, 이 세상의 어미가 될 수 있다. 나는 그것의 이름을 모른다. 억지로 글자를 붙여 도라 하고, 억지로 거기에 이름을 붙여 크다고 말할 뿐이다. 큰 것은 가게 되고 가면 멀어지며 멀어지면 되돌아온다. 그러므로 도는 크고, 하늘은 크고, 땅은 크고, 왕도 또한 크다. 이 세상에 네 가지 큰 것이 있는데, 왕이 그 가운데 한자리를 차지한다. 사람은 땅을 본받고, 땅은 하늘을 본받으며, 하늘은 도를 본받고, 도는 스스로 그러함을 본받는다.   〈25장〉

　사람은 몸에 갇혀 살다가 자기 몸속에서 죽음을 맞습니다. 사람은 울고, 웃고, 먹고, 똥오줌을 싸고, 사랑을 하고, 더위에 땀 흘리고, 춥다고 덜덜 떨고, 배고파 헐떡이고, 외롭다고 징징거리고, 놀라 소름이 돋고, 감기 몸살에 걸려 몸져눕고, 대상포진을 앓습니다…. 우리는 이 모든 일을 몸으로 겪어냅니다. 제 몸을 끔찍이 아끼지만 그것을 껴안을 수도 없고, 답답하다고 벗어버릴 수도 없습니다. 사람은 제 몸에 갇힌 수인인 것. 모든 사유하는 자들의 통찰에 따르면 우리는 이 몸속에서 안간힘을 하며 버티다가 몸속에서 지쳐 잠들고, 결국 몸에 든 병과 싸우다가 몸에서 실존의 최후를 맞습니다.

사람은 몸이 전부인 존재입니다. 우리에게는 몸 말고 '나'라고 의식되는 자아나 영혼, 욕망하는 주체가 있지 않은가요? 하지만 이것들은 실체가 아닙니다. 몸과 견준다면 자아나 영혼은 창백한 백일몽에 지나지 않습니다. 우리가 본래적인 것이라고 믿는 자아란 "잡다한 작용들의 집합"[9]인 것입니다. 항상 우리의 개체적 동일성을 구현하는 것은 신체[몸]입니다. 따라서 자아나 정신은 신체의 연장(延長)에 지나지 않습니다. 철학자 니체 역시 신체[몸]가 영혼이나 정신보다 더 큰 것이라고 말합니다. "너희의 사상과 생각과 느낌 뒤에는 더욱 강력한 명령자, 알려지지 않은 현자가 있다. 이름하여, 그것이 바로 자기이다. 이 자기는 너의 신체 속에 살고 있다. 너의 신체가 바로 자기이다."(니체, 『차라투스트라는 이렇게 말했다』) 우리는 몸으로 태어나고, 몸으로 먹고, 몸으로 살아갑니다. 몸은 '자연'입니다. 몸이라는 자연을

---

9   야니스 콘스탕티니데스, 『유럽의 붓다, 니체』(강희경 옮김, 열린책들, 139쪽)

부양하는 것은 음식입니다. 우리는 몸을 살리기 위해 날마다 무언가를 먹습니다. 우리가 먹는 음식은 자연에서 온 것들입니다. 그러니까 자연으로 자연을 기르는 것입니다. 우리는 배고픔이 만든 신체의 욕구와 먹는 즐거움을 위해 먹습니다만 먹는 것이 곧 우리 자신[몸]을 만듭니다. 우리가 무언가를 먹는 것은 하나의 의식이고, 이것은 바로 도입니다. 노자는 "사람은 땅을 본받고, 땅은 하늘을 본받으며, 하늘은 도를 본받고, 도는 스스로 그러함을 본받는다"라고 말합니다. 사람들 하나하나는 자연이라는 도의 물적 구현입니다. 사람은 자연의 도에서 벗어날 때 탈이 나고, 이것을 따를 때가 가장 좋습니다. 자연의 도를 따르는 것이 곧 하늘의 도를 본받는 것이기 때문입니다.

유약한 것이 강한 것을 이긴다

천하지지유 치빙천하지지견 天下之至柔 馳騁天下之至堅

○ 천하에 지극히 부드러운 것이 천하에서 가장 굳센 것을 뚫는다. 물은 유약하지만 쇠나 돌을 뚫고 형체가 없으나 틈이 없는 곳으로 스며든다. 나는 이로써 무위의 이로움을 알겠다. 말 없는 가르침과 무위의 이로움은 천하에 물을 따를 만한 것이 없다. (43장)

산밭에서 까치독사를 만났는데 물러서지 않고 입을 쩍쩍 벌리며 이녁을 위협합니다. 까치독사에겐 불가피한 사정이 있었습니다. 까치독사는 누군가에게 '되알지게' 얻어터져 창자가 곧 밖으로 쏟아질 듯 중상을 입은 터였습니다. 그 중상을 입은 몸뚱이를 밀며 멀찌감치 도망갈 수 없었습니다. 기껏 저를 지키겠다고 꺼내든 무기가 제 목숨뿐이라니! 악에 바쳐 제 목숨을 내세우고 세상에 항거를 하는 게 어찌 까치독사뿐이겠습니까. 세상의 많은 약자와 소수자들이 다 내상을 입은 까치독사같이 버티며 살아갑니다. 안쓰러운 생존의 양태를 보여주는 까치독사는 강한가요, 약한가요? 까치독사는 개구리나 작은 곤충들에게는 사나운 포식자입니다. 일견 단단하고 굳센 존재로 보이겠지만 까치독사는 저보다 더 큰 세상과 맞서 이길 수 없습니다.

노자는 "약한 것이 굳센 것을 이기고, 부드러운 것

이 단단한 것을 이긴다는 것은 천하가 다 알고 있으나 따라 하지 않는다"라고 말합니다. 노자에서 강함과 부드러움을 견주는 경구는 흔하게 찾을 수 있습니다. 부드럽고 약한 것이 단단하고 굳센 것을 이깁니다. 항상 굳센 사람은 제 수명을 다하지 못하는 것은 약해 보이는 것은 강하고, 강해 보이는 것은 약한 까닭입니다. 물은 약하고 부드럽지만 단단한 바위를 깎고 꿰뚫습니다. 굳세기로 치자면 바위는 물과 견줄 수 없습니다. 천하에 물보다 더 부드럽고 약한 것이 어디 있겠습니까. 도는 물과 같다고 했습니다. 물은 단단하거나 뻣뻣하지 않고 약하지만 기어코 단단하고 굳센 것을 이깁니다. 그게 물이 도의 표상이 될 수 있는 사정입니다. 노자는 유약한 것에서 무위의 이로움을 끄집어냅니다. 무위의 이로움이란 하지 않음으로 함을 누르고, 약함으로 강함을 이기는 데 있습니다.

무위는 함부로 나대지 않음, 머물러 있음, 지나치지 않음입니다. 지나치지 않음으로 자기 소모가 많지 않습니다. 자기 소모가 많지 않음으로 과로가 누적되지 않습니다. 어린아이는 연약하지만 하루 종일 뛰어놀아도 과로의 기색이 없습니다. 하룻밤 잘 자고 나면 거뜬히 회복되는 것입니다. 노자가 어린아이의 덕을 높이 칭송하는 것도 그런 까닭에서입니다. 어린아이는 기운이 부드럽고 한없이 작고 유약한 존재입니다. 그래서 세상의 굳셈과 사나움에 굳이 맞서지 않고 조화의 한가운데 머무릅니다. 까치독사처럼 제 굳셈을 믿고 앞에 나서면 죽고, 물이나 어린아이는 제 약함을 알고 물러서기에 삽니다. 까치독사를 강하고 용맹하다고 하는 것은 어리석기 때문입니다. 진짜로 강한 것은 늘 세상의 다툼에서 한 걸음 뒤로 물러나는 물입니다.

물보다 부드럽고 약한 것은 없다

천하막유약어수 天下莫柔弱於水

66

○　천하에 물보다 부드럽고 약한 것은 없다. 굳세고 강한 것을 물리치는 데는 그보다 나은 것이 없으니 그 성질을 바꿀 수가 없기 때문이다. 약한 것이 굳센 것을 이기고, 부드러운 것이 단단한 것을 이긴다는 것은 천하가 다 알지만 능히 따라 하지는 못한다. 이로써 성인이 말하기를, 나라의 욕됨을 끌어안으니, 이를 사직의 주인이라 하고, 나라의 상서롭지 못한 일을 끌어안으니, 이를 천하의 왕이라 한다. 올바른 말은 마치 비딱한 듯하다.

〔78장〕

　　어려서부터 물을 좋아했기에 어른이 되면 물가에서 살고 싶었습니다. 물이 좋았기에 비 내리는 것도 좋았습니다. 하염없이 쏟아지는 비를 내다보는 걸 좋아했습니다. 어른들은 청승맞다고 나무랐습니다. 그래도 비가 좋았습니다. 비에 빗소리를 꿰매는 신이 있다는 시인의 발상은 예사롭지 않습니다. 어떤 시의 첫 줄을 읽었을 뿐인데, 그 수일한 이미지에 놀랍니다. 안개가 떠도는 것은 실수로 떨어진 빗방울 하나를 구하기 위해서라는 엉뚱한 인과론을 꺼낼 수 있는 자가 시인입니다. 아마 비가 새는 지붕이 있는 집에서 어린 시절을 보낸 시인은 강 하구의 돌밭에 자주 나갔나 봅니다. 강가에서 아름다운 돌 몇 개를 주워다 책상 위에 올려놓았을 터입니다. 심심한 날 그 돌에 귀를 갖다 대면 발걸음 소리가 들립니다. "물은 마모된 돌"이라니! 소년이 강가에서 주워 온 것을 무심코 빗방울이라고 썼는지도 모릅니다.

옛사람은 물을 생명의 원천이라고 했습니다. 생명은 물에서 나오고, 또한 물은 땅을 적시고 초목을 자라게 하며 이로써 생명을 기릅니다. 물은 아무것도 하지 않지만 만물을 자라게 합니다. 물은 물(物)이고, 기(氣)이자 땅의 혈(血)입니다. 물은 무위 속에 처하고, 자연의 덕입니다. 부드럽고 유약한 성질을 가졌지만 천하의 강하고 단단한 것을 이기는 물을 일컬어 "천하막유약어수(天下莫柔弱於水)"라고 말합니다. 천하에 물만큼 부드럽고 약한 것은 없다는 뜻입니다. 물은 일정한 꼴이 없고 수시로 모양을 바꿉니다. 물은 자기를 고집스럽게 내세우지 않음으로 강합니다. 흐르고, 휘감고, 에돌고, 넘치고, 스미는 물은 가지 못하는 곳이 없고, 닿지 못할 곳이 없으며, 그 쓰임에 다함이 없습니다. 물의 경지는 헤아릴 길이 없습니다. 물은 유약함으로 세상의 강함을 이깁니다. 노자의 철학은 물의 은유에서 크게 빛나고 돋보입니다. 그만큼 물의 흐름과 물의 도를 잘 알고, 물에 애정이 깊다는 증거입니다. 노자를 감히 "물의 철학자"라고 부를 수 있겠습니다. 고대 동양의 철학자들에게 물은 쓰임이 많은 "뿌리 은유"였습니다.[10] 기원전 2세기 회남왕(淮南王) 유안(劉安)이 지었다는 『회남자』에도 물의 덕성을 열거하는 대목이 나옵니다. 표현만 다를 뿐이고, 거의 노자와 같습니다. "만물은 물이 없으면 살아갈 수 없고, 모든 일은 이루어질 수 없다. 크게 뭇 생명을 포용하면서도 애증이 없고, 그 은택이 작은 벌레에까지 미치면서도 보답을 바라지 않으며, 그 부유함은 천하를 먹이면서도 다함이 없고, 덕을 백성에게 베풀면서도 소비하는 곳이 없다. 흘러가면 그 끝을 알 수 없고, 작아서 손에 잡을 수 없다. 때려서 찢어지지 않고 찔러도 상하지 않으며 잘라도 잘라지지 않고 태워도 태워지지 않는다. 질척하게 흘러다니고 뒤섞여 몰려다니면서도 뭉개지지 않으니 그 날카로움은 금석을 뚫고 그 강함은 천하에 통한다."[11] 회남자는 물의 강함이 천하에 통한다고 말하면서 그 덕성의 지극함에 감탄합니다. 물은 때리고, 찢고, 찌르고, 잘라도 상함이 없다고 했습니다. 물의 성질이 유약하고 부드럽기

10 사라 알란, 『공자와 노자, 그들은 물에서 무엇을 보았는가』(오만종 옮김, 예문서원, 26쪽)

11 김홍경, 『노자-삶의 기술, 늙은이의 노래』(들녘, 491쪽)에서 재인용.

때문입니다. 부드러움을 지키는 것이 곧 강함입니다. 노자가 찬탄하거니와 물의 으뜸가는 성질은 약하고 부드럽다는 것입니다. 하지만 물은 그 약함으로 세상의 모든 강함을 능히 제압합니다. 그런 뜻에서 노자는 물의 덕성에 놀라면서 물을 천하의 왕이라고 한 것입니다.

스스로를 아는 사람이 현명하다

자지자명 自知者明

○　남을 아는 사람은 지혜로운 사람이고 스스로를 아는 사람은 밝은 사람이다. 남을 이기는 사람은 힘 있는 사람이고 스스로를 이기는 사람은 강한 사람이다. 넉넉함을 아는 사람은 부유한 사람이고 힘써 행하는 사람은 뜻이 있는 사람이다. 자기의 분수를 아는 사람은 그 지위를 오래 지속하고 죽어도 잊히지 않는 사람은 영원토록 사는 것이다.

(33장)

어른이 되면, 내 꿈은 단 하나, 우체통이 있는 집에서 살고 싶었습니다. 어렸을 때 살던 집에는 우체통이 없었습니다. 딴 욕심 없이 소박하게 살고 싶었습니다. 소박함은 자기 분수에 맞게 사는 것입니다. 햇빛은 햇빛대로, 그늘은 그늘대로 거느리고 삽니다. 지혜는 지혜대로, 어리석음은 어리석음대로 다 품고 삽니다. 그리운 사람을 멀리 두고 소식을 기다리며 삽니다. 집에 우체통이 있다면 좋을 것입니다. 나는 벼락 맞은 대추나무처럼 소스라치게 놀랐습니다. 우리는 많은 것을 거머쥐고 그것이 영원히 제 것일 것처럼 끼고 살았습니다. 그러면서 늘 뭔가 부족하다고 불평하고, 불행의 늪에서 허우적거렸습니다. 어렸을 때의 작은 욕심에서 멀어진 탓입니다. 소박함을 잃은 탓입니다.

누가 감히 자신을 안다고 말할 수 있을까요? 자신을 안다고 하는 사람은 모르는 사람이고, 자신을 모른다고 하는 사람은 아는 것입니다. 자신을 안다는 것은 무엇인가요? '나'와 '자기'는 하나일까요? 이 물음의 연쇄 속에서 사유의 미로를 헤치고 나갈 단서를 찾아야 합니다. '나'는 내 안에 커다랗게 자리한 '자기의 총합', 무수히 작게 분열된 '하나', 그리고 '자기'라고 부르는 것의 현전입니다. '자기'는 의식을 갖고 욕망을 하며 사는 '나'의 부분집합입니다. '나'는 세계를 가로질러갑니다. 여름의 무더위 속에서 땀을 흘리고, 고막을 두드리는 매미 울음소리에 귀를 기울입니다. '나'는 희로애락이라는 감정의 주체, 자아의 백일몽, 무수히 많은 존재의 집합체입니다. 이 세계-내-존재는 끊임없이 무언가를 욕망합니다. '나'는 '자기'로 살아가는 각성된 주체입니다. 둔감한 사람은 자기를 돌아보지 못하고 미몽 속에 살아갑니다. 노자는 "지인자지 자지자명(知人者智 自知者明)", 즉 남을 아는 사람은 지혜롭고, 자기 자신을 아는 사람은 밝다고 했습니다. "밝다"는 것은 조화를 알고, 자기 처지를 살필 줄 안다는 뜻입니다. 다시 말해 현명하다는 뜻입니다. 자기 자신에 대해 "밝은" 사람은 제 분수를 넘는 자리를 넘보지 않습니다. 분수를 넘는 것이 재앙의 시작이고, 만사에

동티를 일으키는 원인이 되는 까닭입니다. 노자는 "자승자강(自勝者强)", 즉 자기를 이기는 것이 강하다고 말합니다. 알다시피 노자는 강하고 굳센 것을 긍정하지 않고, 오히려 약하고 부드러운 것을 긍정하고 높이 평가했습니다. 이 장에서 말하는 바는 어두움을 밝음으로 삼고, 유약함을 강함으로 삼는 노자 철학의 기조와 다른가요? 또한 늘 하지 않음[무위]을 강조하다가 갑자기 "힘써 행함"을 권하는 이런 불일치는 고개를 갸우뚱거리게 합니다. 이 노자는 저 노자와 다른 노자인가요?

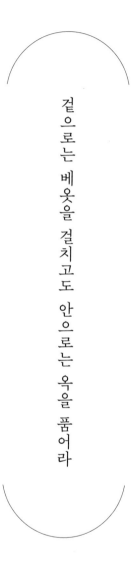

겉으로는 베옷을 걸치고도 안으로는 옥을 품어라

피갈회옥 被褐懷玉

76

○　나의 말은 매우 알기 쉽고 행하기 매우 쉬운데도 천하에서 누구도 알지 못하고 누구도 행하지 못한다. 말에는 종지가 있고, 일에는 중심이 되는 것이 있으나 [저들은 무지하여] 알지 못하기 때문에 나를 알아주지 못하는 것이다. 나를 알아주는 이가 드물다는 것은 [곧] 내가 귀한 것이니, 이 때문에 성인은 베옷을 걸치고도 안으로는 옥을 품는다. 　　　　　　　　　　　　　　　　　　(70장)

　　몽유도원도(夢遊桃源圖)는 안견이 1447년에 비단에 수묵담채로 그린 그림입니다. 그 그림을 들여다볼 때가 있습니다. 봄마다 복사꽃 피고 두꺼비는 바위틈에서 눈을 껌뻑껌뻑합니다. 산은 높이 솟고 계곡물은 노래하며 내를 이뤄 흐릅니다. 하늘은 제가 하늘인 줄 모르고, 맑음은 제가 맑은 줄 모릅니다. 사람들은 소박한 살림을 꾸리며 복사꽃 피고 지는 세상을 꿈결인 듯 살다 갑니다. 시름과 아픔 많은 이승에서 사는 것의 척박함에 대조되는 이 꿈속 낙원은 사는 게 곤핍할수록 더욱 갈급하겠지요. 아아, 그런 세상이 오면 아프다, 아프다 하고 비명을 내지르는 사람도 더는 없겠지요.

　　공자와 제자 자로 사이에 이와 비슷한 대화가 있습니다. 자로가 공자에게 물었습니다. "어떤 사람이 있는

데 베옷을 입고 옥을 품었다면 어떻습니까?" 공자가 대답했습니다. "나라에 도가 없으면 은둔하는 것도 좋다. 나라에 도가 있으면 아름다운 옷을 입고 옥을 집을 것이다." 공자의 말씀을 모은 『논어』에도 "나라에 도가 있을 때는 가난하고 천한 것이 부끄러운 일이고, 나라에 도가 없을 때는 부유하고 귀한 것이 부끄러운 일이다"라는 대목이 있습니다. 이 고전에 나오는 일화를 거울삼아 노자가 말한 "피갈회옥(被褐懷玉)"은 겉으로는 베옷을 걸치고도 안으로는 옥을 품는다는 뜻입니다. 나는 옥을 보석같이 귀히 여기는 것, 즉 성인이 내면에 품은 덕성을 가리키는 것으로 이해합니다. 베옷은 평민의 옷인가요? 어쨌든 베옷은 꾸밈을 배제한 소탈한 차림입니다. 성인은 베옷을 걸치고도 안으로는 옥을 품고 있는 것이라고 말합니다. 성인의 덕은 높아서 외모의 꾸밈 따위에는 신경을 쓰지 않는다는 뜻입니다. 노자는 또 이렇게 말합니다. "성인은 스스로 알면서도 스스로를 뽐내지 않고, 스스로를 중히 여기면서도 스스로를 귀하게 여기지 않는다." 자기 재물이나 재능을 자랑하는 사람은 덕이 없습니다. 반면에 스스로를 뽐내지 않거나, 스스로를 귀하게 여기지 않는 사람에게는 덕이 있습니다. 베옷을 걸치고도 옥을 품어라! 그건 말이 쉽지 성인의 품성을 가져야만 할 수 있는 일입니다. 재물과 재능을 애써 남 앞에 드러내기를 좋아하는 사람은 감히 할 수가 없습니다.

골짜기의 신은 죽지 않는다

곡신불사 谷神不死

○ 골짜기의 신은 죽지 않는다. 이를 일러 현묘한 암컷이라 한다. 현묘한 암컷의 문을 천지의 뿌리라고 한다. 그 뿌리는 끊임없이 이어지는 것 같고 아무리 써도 지쳐 없어지지 않는다. （6장）

혹한을 견디며 서 있는 겨울나무의 인내는 심오하고 철학적입니다. 날씨가 따뜻해지면 나무들은 가지마다 잎과 꽃을 토해냅니다. 벚꽃이 비바람에 다 지고, 메말랐던 가지에 새잎이 돋아나며 신록이 짙어갑니다. 느티나무와 은행나무에 새로 돋은 연초록 잎은 꽃보다 어여쁩니다. 나무들은 대지가 기르는 신생의 아기들입니다. 아기들이 까르륵거리는 세상이 곧 천국입니다. 우리는 이 천국에서 씨 뿌리고, 거두고, 뛰고, 걸으며, 사랑하고, 속을 끓이며, 아이를 키웁니다. 밀턴은 『실낙원』에서 "어느 쪽으로 달아나도 지옥, 나 자신이 지옥이니"라고 했습니다. 그 지옥을 버텨내는 일이 진절머리 나고, 세상의 악과 멍청함, 가난이 아무리 완고해도, 나무의 신록이 짙어지는 걸 바라보는 일은 그 무엇과 바꾸고 싶지 않은 기쁨과 위안이 되는 입니다.

산에 올랐다가 골짜기를 내려다보았습니다. 아무 생각 없이 그 골짜기를 내려다보는데, 한순간 아득한 느낌이 스쳐 갔습니다. 골짜기는 깊고 고요한데, 노자는 그 것에서 만물의 생식기를 엿봅니다. 천지 만물은 '곡신(谷神)'에서 나는데, 곡신은 다른 말로 하면 대지모신입니다. 암컷의 생식기는 새끼를 낳는 문입니다. 그것은 있으나 보이지 않는 만물의 발생론적 근원입니다. 그러므로 여성적인 것은 천지 화육의 뿌리입니다. 오직 그윽하고 깊은 것, 이것은 도의 현현이자 도의 몸통이라고 할 수 있습니다. 골짜기는 텅 비어 품지 못할 것이 없습니다. 그렇기에 골짜기는 만물을 낳고 기르며 품는 여성-어머니입니다. 노자가 골짜기를 '곡신'이라고 한 것은 그 가운데가 움푹 패고 텅 비었던 까닭입니다. 노자는 골짜기의 신을 가리켜 "현빈(玄牝)"이라고 했습니다. 암컷의 은밀한 문이라는 뜻입니다. 골짜기를 곡신이라고 말한 것은 비유입니다. 옛 책에 따르면, "골짜기라는 것은 비유다. 허하면서도 능히 만물을 품고, 만물을 품으면서도 소유하지 않으며, 미묘하고 헤아릴 수 없기 때문에 곡신이라고 하였다"라고 말합니다.

노자는 강한 것을 혐오하고 약한 것을 더 사랑했습니다. 그 철학이 뻗어나간 끝 간 데에 유약함이 강한 것을 이긴다는 언술이 존재합니다. 동양의 음양 이론으로 볼 때 음은 여성적인 것을 표상합니다. 암컷은 음이고,

수컷은 양입니다. 골짜기가 음이라면 산봉우리는 양입니다. 음은 어둠, 끝, 물, 부드러움, 왼쪽을 품습니다. 반면에 양은 빛, 시작, 불, 단단함, 오른쪽을 가리킵니다. 음과 양은 대립하는 성질을 품는데, 둘은 대립하되 하나 안에서 둘로서 공존합니다. 본디 모든 여성적인 것은 부드럽고 유약합니다. 약해 보이지만 실은 강합니다. 노자는 이 유약한 여성적인 것에서 천하의 근본과 그 원리를 꿰어봅니다. 노자는 허공을 품은 골짜기에서 "현빈지문(玄牝之門)" 즉 현묘한 암컷의 문을 보았습니다. 골짜기를 여성성의 근원으로 본 노자 철학에서 여성성이 함의하는 바를 놓쳐서는 안 될 것입니다. 신철하는 노자 철학의 여성성에서 "이성중심주의, 가부장제, 마초적 남근주의, 속도, 대량생산, 자본의 끝없는 인간 노예화로 통칭되는 근대(현대)주의"에 반하는 거시적 전환의 패러다임을 읽어내고, 이 "여성성의 모티브는 반생명을 극복하기 위한, 근대로부터 탈근대(혹은 전근대)로의 이행기적 사유를 촉매한다"[12]라고 말합니다. 골짜기는 여성성의 원리가 작동하는 자리입니다. 암컷의 생식 능력을 가진 그것을 "천지의 뿌리"라고 보는 것은 이상하지 않습니다. 일

12　신철하, 『노자와 에로스』 (삶창, 38쪽)

반적으로 여성은 약하고 부드러운 데 반해 남성은 드세고 뻣뻣합니다. 그런 까닭에 여성이 도에 더 가깝습니다.

장차 움츠러들게 하려면 잠시 벌리도록 해야 한다

장욕흡지 필고장지 將欲歙之 必固張之

○　장차 움츠러들게 하려면 잠시 벌리도록 하고, 장차 약하게 하려면 잠시 강하게 해주어야 한다. 장차 없애버릴 생각이면 잠시 흥하게 해주어야 한다. 이것을 '미명'이라 한다. 부드럽고 유약한 것이 강한 것을 이긴다. 물고기가 연못 밖으로 나오면 살 수 없듯이 국가를 다스리는 기물을 남에게 보여서는 안 된다.　　　　　　　(36장)

　　한 소년이 공터에서 공을 갖고 놉니다. 소년이 공을 멀리 던져놓고 달려가 그 공을 다시 주워듭니다. 소년은 혼자인 까닭에 둘이 마주 보고 하는 캐치볼을 할 수가 없습니다. 두 사람이 마주 보고 서서 공을 던지고 받는 게 캐치볼입니다. 혼자 공을 던지는 소년은 쓸쓸해 보입니다. 형이나 아버지가 없는 그 유약한 소년이 저 혼자 공을 갖고 노는 동안 나무는 쑥쑥 자랍니다. 소년이 혼자이기 때문에 나무가 자라는 것은 아니지만 어쩐지 나무가 자라는 것이 소년의 고독한 성장사와 겹쳐지는 바가 있습니다. 텅 빈 운동장에서 혼자 공을 던지는 것은 무엇인가요. 그것은 소년이 감당해야 하는 인생의 쓸쓸함에 대한 은유일까요. 캐치볼을 하는 두 사람 사이에는 텅 빈 물리적 거리가 존재합니다. 눈이 밝은 사람이라면 캐치볼이라는 단순한 놀이에서 살아내는 일의 복잡한 추상을 걷어내고 삶의 본질을 기어코 직시할 것입니다. 혼자 캐치볼을 하는 소년의 쓸쓸함이 내 마음 한구석을 울립니다. 하지만 나는 소년의 유약함 어딘가에 굳셈이 숨어 있을 것이라고 짐작합니다.

　　노자는 줄곧 나라를 다스리는 도에 대해 말합니다. 그 도는 움츠리게 하려면 잠시 벌리도록 하고, 약하게 하려면 잠시 강하게 해주어야 하는 도입니다. 장차 없애버릴 생각이면 잠시 흥하도록 하는 게 도입니다. 노자는 이것을 일러 "미명"이라고 합니다. 미명은 새벽 동틀 무렵 천지간을 물들이는 희미한 빛입니다. 이것은 밝음도 아니요, 어둠도 아닌 그 중간 영역, 즉 미묘한 데서 밝음입니다. 이 빛과 어둠의 중간지대인 미명에서 무슨 일이 벌어지나요? "오므림이 일어나면 펼침은 숨고, 펼침이 생기면 오므림은 은적한다. 마찬가지로 약함이 일어나면 강함은 숨고, 강함이 전면에 나서면 약함은 은적한다." 이로써 노자는 "이중성을 비동시적 동시성"[13]으로 포획하는 사유의 약동을 보여줍니다. 벌리는 것이 극에 달하면 움츠러드는 것이 반전의 이치입니다. 사실 이런 사유는 노자의 독자적인 것이 아니라 노자 당대에 널리 퍼진

13　김형효, 『사유하는 도덕경』(소나무, 293쪽)

일반론으로 보입니다. 움츠러드는 것은 제 안의 유약을 지키기 위함입니다. 노자는 왜 유약을 지키라고 할까요? 유약이 강함을 이기기 때문입니다. 노자가 지향하는 궁극의 도는 강하고 굳센 도가 아니라 부드럽고 약한 도입니다. 약한 것을 부드럽게 품는 유약함이 강한 것을 이깁니다. 연약함과 부드러움은 생명의 성질이고, 딱딱함과 강함은 주검의 성질입니다. "살아 있는 사람의 몸은 부드럽고 연약하지만 죽은 사람의 몸은 굳고 단단하다. 살아 있는 만물과 초목은 부드럽고 연약하지만 죽은 모든 것은 말라 딱딱하다."(『노자』, 76장) 주검과 죽음은 굳세고 강한 것입니다만 그 굳셈과 강함이 생명의 유약을 이기지 못합니다. 그러므로 노자는 시종 부드럽고 약한 것이 굳세고 강한 것보다 위에 있다는 철학을 펼칩니다.

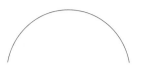

미더운 말은 아름답지 않다

신언불미 信言不美

○   미더운 말은 아름답지 않고 아름답게 꾸민 말은 믿음직
　　스럽지 못하다. 참다운 사람은 변명을 하지 않고 변명을
　　잘하는 사람은 참다운 사람이 아니다. 참으로 아는 사람
　　은 많이 아는 사람이 아니고 많이 아는 사람은 참으로 알
　　고 있지 못하다. 성인은 자신을 위해 쌓아두는 일이 없
　　이 남을 위함으로 더욱 있게 되고 남에게 무엇이든 다 주
　　지만 그로 인하여 더욱 넉넉해진다. 하늘의 도는 이롭게
　　하지만 해치지 않고 성인의 도는 일을 행하여 다투지 않
　　는다.　　　　　　　　　　　　　　　　　　　　　　〈81장〉

　사랑은 인류의 발명품 중에서 가장 좋은 것입니다.
제가 가진 것 중에서 가장 좋은 것을 아낌없이 내주겠다
는 이가 애인입니다. 애인은 내 안의 허영, 욕정, 허물,
슬픔과 냉소까지도 다 용납하고 끌어안습니다. 내 안이
텅 비었을 때 채워주는 이, 내 마음을 누구보다 더 잘 알
아주는 이가 애인입니다. 애인은 내가 갈망하는 것을 먼
저 알아차리고 재빨리 채워줍니다. 내게도 별을 따다 주
겠다는 애인이 있었으면 좋겠습니다. 우울을 명랑으로
바꾸고, 죽은 시간에 생명을 불어넣어 불꽃으로 일으키
고, 권태와 무료에 지쳐 진절머리 나는 나날을 정금같
이 빛나는 세월로 바꿔줄 그런 애인이 있었으면 좋겠습

니다.

우리는 사랑할 때 아름다운 말, 다정한 말, 달콤한 말을 가장 많이 듣습니다. 사랑의 말들은 감미롭고 아름다워서 듣기에 좋습니다. 하지만 사랑이 끝난 뒤 그 모든 아름다운 말들은 덧없어집니다. 사랑이 사라지듯이 그 아름다운 말들도 사라지는 것입니다. 시인은 복사씨와 살구씨가 미쳐 날뛰는 게 사랑이고, 개흙이 갯지렁이를 삼키고 들이켜는 게 사랑이라고 합니다. 사랑은 마시고, 삼키고, 들이켜는 일입니다. '밀당'을 하고, '썸'을 타는 것은 사랑이 아닙니다. 이해타산을 따지고 제 감정을 더하고 빼는 일을 사랑이라고 할 수 없습니다. 그보다는 더 속절없고 처절한 것이 사랑입니다. 너를 사랑하는 일은 너를 먹고 마시는 것! 사랑은 종종 광기와 착란과 엉뚱함이 빚는 비상사태입니다. 사랑을 하려거든 살 한 점 남김없이, 뼈 한 조각 남김없이, 주고 받아야 합니다. 한 시인은 "번개와 벼락 작살 아래 부서질 때까지" 사랑하라고 말합니다.

노자는 "신언불미 미언불신(信言不美 美言不信)"이라고 합니다. 미더운 말은 아름답지 않고 아름다운 말은 믿음직스럽지 못합니다. 미더운 말이 아름답지 않은 것은 꾸밈이 없는 까닭입니다. 꾸밈이 없는 말은 소박합니다. 말이든 인격이든 통나무같이 소박한 게 진짜입니다. 통나무는 거친 탓에 그 자체로는 별 쓰임이 없습니다. 노자는 그 거칠고 쓰임이 없는 통나무를 자주 입에 올렸습니다. "덕이 족하면 통나무로 돌아간다"(『노자』, 28장), "통나무는 비록 작은 것이지만 천하가 감히 신하로 삼지 못한다"(『노자』, 32장)라고 했습니다. 아름답지도 않을 뿐더러 그릇으로 쓰지도 못하는 통나무는 그저 원재료일 뿐입니다. 그걸 쓰려면 다듬고 꾸밈이 있어야 합니다. 통나무는 '꾸밈이 없음'으로 무위 그 자체입니다. 노자는 통나무에서 도를 보았습니다. 노자가 가장 좋은 삶의 태도로서 소박함, 유약함, 겸손 등등을 권면한 것도 그것들이 도에 가깝기 때문입니다. 말이 아무리 매끄러워도 마음의 지극함이 없다면 그것은 가짜입니다. 참다운 말에는 꾸밈도, 변명도 없습니다. 꾸밈이나 변명은 본질에서 거짓입니다. 하늘의 도에는 거짓이나 교언영색이 끼어들여지가 없습니다. 참다운 말은 아름답지 않고 통나무같이 투박하고 소박한 말입니다.

아름다운 것은 아름다운 게 아니다

미지위미 美之爲美

94

○　아름다움을 아름다움으로만 안다면 이것은 추함이다.
착함을 착한 줄만 안다면 이는 악함이다. 있음과 없음이
서로를 생겨나게 하고, 어려움과 쉬움이 서로를 이루어
내며, 길고 짧음이 서로 견주고, 높고 낮음은 서로 기울
며, 음과 소리가 서로 조화롭고, 앞과 뒤는 서로를 따른
다. 성인은 무위의 일에 머무르면서 말로 하지 않는 가르
침을 행한다. 만물이 일어나도 말하지 않으며, 생겨나게
하지만 소유하지 않으며, 해놓고도 뽐내지 않고, 공을
이루고도 머물지 않는다. 머물러 있지 않기에 떠나지 않
는다.　　　　　　　　　　　　　　　　　　　　　（2장）

　　비 갠 뒤 대기는 파랗게 빛납니다. 햇살은 풀잎 끝
에 매달린 둥근 빗방울들을 진주 알갱이처럼 꿰읍니다. 빛
의 명료함 속에서 민들레는 노랗고, 버드나무 새잎은 연
두색입니다. 버드나무 늘어진 가지를 흔들며 오는 바람
도 연둣빛에 물듭니다. 비 갠 아침은 햇살이 수놓는 파
랑, 노랑, 연두 색들로 색채의 향연을 펼칩니다. 햇살은
할 일이 많습니다. 땅속에 있는 씨앗들의 싹을 틔우고,
녹색 나무들의 광합성을 돕습니다. 햇빛 속에서 색채들
이 드러나고, 만물은 쑥쑥 자라납니다. 이 햇살이 부린
마법으로 비에 씻긴 세상은 한결 영롱하게 반짝입니다.

자연이 햇빛의 은혜 속에서 빚어내는 아름다움에는 한 점의 거짓이 없습니다.

노자는 말합니다. "천하개지미지위미 사악이(天下皆知美之爲美 斯惡已)", 즉 사람들이 아름답다 하니 아름다운 줄 알지만 이는 추악한 것입니다. 아름다움의 절대적 근거는 모호합니다. 아름다움과 추함의 기준은 상대적이라 어떤 이에게는 아름다움이 추함이고, 어떤 이에게는 추함이 아름다움입니다. 사람마다 느낌이나 감정의 파장이 다르고, 취향이 다른 까닭입니다. 육체의 눈으로 느끼는 아름다움이 있고, 정신의 눈으로 느끼는 아름다움이 있습니다. 둘이 하나일 때도 있지만 다를 때도 있습니다. 어떤 아름다움은 추함 속에서 솟구치고, 어떤 추함은 아름다움의 부패 속에서 악취를 내뿜습니다. 분명한 것은 아름다운 것이 아름다움만으로 이루어지지 않는다는 점입니다. 아름다움은 대상과 마주쳤을 때 감각적 충만감과 마음에서 일어나는 즐거움을 바탕으로 합니다. "아름다운 대상이란 형식에 의해 감각을, 무엇보다도 눈과 귀를 충족시키는 것"[14]입니다. 추는 그와 반대되는 감각의 경험, 이를테면 고갈, 침체, 노쇠, 피로와 관련된 모든 것들

14   움베르토 에코, 『미의 역사』(이현경 옮김, 열린책들, 41쪽)

입니다. 철학자 니체는 『우상의 황혼』에서 "추는 퇴화의 한 표지이자 징후이다"라고 말합니다. 아름다운 것을 아름다운 것으로 인식하는 것은 그것과 견주어지는 추함이 있기 때문입니다. 흔히 겉으로 매끄러운 것은 아름답다고 하지만 그건 아름다운 게 아닙니다. 아름다운 것을 들여다보면 그 성분 요소는 미와 추를 두루 포괄하는 까닭에 "세상 사람들이 아름다움을 아름다움으로만 알지만 이것은 추함이다"라고 말하는 것입니다. 노자는 있고 없음은 서로를 낳고, 어렵고 쉬움은 서로를 만들며, 길고 짧은 것은 서로를 드러낸다고 말합니다. 하나의 대상에 하나의 성질만 있는 게 아닌 까닭에 대상은 상대주의 속에서 그 실체의 진실을 드러냅니다. 상대주의 관점 속에서 아름다움과 추함, 어려움과 쉬움, 길고 짧음은 선명하게 대조되면서 드러납니다. 도는 대립과 다른 성질 모두를 하나로 품는데, 그것이 도의 원융함입니다. 자연은 만물을 낳으면서도 자기 소유로 삼지 않고, 모든 것을 이루지만 자기의 공으로 돌리지 않습니다. 이 자연에 구현된 도가 무위함입니다. 도가 있는 사람은 베풀더라도 그 은혜를 내세우지 않고, 공을 세워도 그 공에 머물지 않습니다.

큰 나라를 다스림은 작은 생선을 찌듯이 하라

치대국 약팽소선 治大國 若烹小鮮

○ 큰 나라를 다스리는 것은 작은 생선을 찌는 것과 같다. 도로 세상을 다스리면 귀신도 신령한 힘을 잃는다. 귀신이 힘을 잃은 것이 아니라 그 힘이 사람을 해치지 않는 것이다. 귀신의 힘이 사람을 해치지 않을뿐더러 성인도 역시 사람을 해치지 않는다. 귀신과 성인이 서로 해치지 않으므로 그 덕이 어울려 백성에게 돌아간다. （60장）

누군가 살아서 간국을 허겁지겁 떠먹습니다. 누군가는 잡곡밥과 구운 고등어를 먹고, 누군가는 뚝배기 안의 토막 난 침조기 살점을 발라먹고, 고춧가루를 풀어 얼큰해진 국물을 떠먹습니다. 먹는 것은 허기를 채우고 관능적 즐거움을 얻는 일입니다. 사람은 먹어야만 살 수 있습니다. 먹는 것은 몸이라는 신전에서 드리는 신성한 제사입니다. 인생의 대소사들, 즉 결혼, 출생, 장례, 생일의 의례를 챙길 때 특별한 음식을 차려 그 의미를 새기는 것도 그런 까닭에서입니다. 사람은 더도 덜도 아닌 입으로 들어가는 밥으로 저를 빚는 존재입니다. 잘 사는 것은 얼마나 의로운 밥을 먹느냐에 달려 있습니다. 우리가 먹는 밥이 의롭다면 우리의 삶도 의로울 것입니다.

노자는 "치대국 약팽소선(治大國 若烹小鮮)"이라고 합니다. 즉 큰 나라를 다스리는 데 작은 생선을 찌듯이 하라고 했습니다. 작은 생선은 내장을 분리하거나 불에 익힐 때는 조심해야 합니다. 익힐 때 자주자주 뒤집으면 생선살이 부스러져 볼품없이 망가집니다. 그걸 점잖은 손님에게 내놓을 수는 없습니다. 작은 생선을 불로 익혀 손님에게 내놓을 때는 조심스럽게 다룰 수밖에 없습니다. 큰 나라를 다스릴 때도 마찬가지입니다. 작은 생선을 찌거나 삶은 행위는 대단한 게 아니라 소박한 나날의 일들 중 하나입니다. 노자는 작은 생선 찌는 일과 큰 나라를 다스리는 일을 한 줄에 놓았습니다. 둘이 크게 다르지 않으며 등가라는 암시입니다. 큰 나라를 다스릴 때도 소박하고 단순해야 백성이 불안하지 않습니다. 『좌전』에 이르기를, "나라가 장차 흥할 때는 백성의 말을 듣고 나라가 장차 망할 때에는 귀신의 말을 듣는다"라고 했습니다. 노자가 말한 바 도를 가지고 다스림을 펼치면 귀신이 아무런 영험도 부리지 않는다는 말과 상통합니다. 나라의 다스림이 번잡해지고 어지러울 때는 귀신이 설치고, 백성이 귀신의 말을 따르는 법입니다. 큰 나라를 다스리는 데 제도와 법령의 강압만으로는 할 수가 없습니다. 법령을 내려 윽박지르는 정치는 하수의 정치입니다. 노자는 도로써 천하를 다스려야 한다고 말합니다. 그래야 귀신의 힘도 사람을 해치지 않게 된다고 말합니다. 나라를

다스리는 일뿐만 아니라 삶을 꾸리고 경영하는 것도 다
작은 생선을 찌듯 조심스럽게 해야 합니다. 서로를 존중
하고 살펴서 덕을 쌓아야 한다는 뜻입니다. 나라를 다스
리는 일이나 삶을 경영하는 일이 다 도의 실행입니다. 도
와 덕의 실행이 어느 한쪽에 치우치지 않도록 조심해야
두루 편안할 수가 있습니다.

모른다는 것을 아는 것이 가장 좋다

지부지상 知不知上

○　모른다는 것을 아는 것이 가장 좋다. 모른다는 것을 모름
　　이 병이다. 그러므로 성인이 병에 걸리지 않는 것은 그
　　병을 병으로 여기기 때문이니 이 때문에 병에 걸리지 않
　　는다.　　　　　　　　　　　　　　　　　　　　　　　〈71장〉

　　젊음을 '청춘(靑春)'이라고 부릅니다. 파릇한 봄이
라는 뜻입니다. 봄이 솟고, 움트고, 자라고, 뻗치고, 피어
나고, 꿈틀대고, 깨어나는 계절이라면 젊음은 생동의 충
만 속에서 살고, 사랑하고, 넘치도록 기뻐하는 봄입니다.
젊음은 생물학적 나이로만 규정되지 않습니다. 젊음은 꺼
질 줄 모르는 불꽃, 모험과 투쟁의 질료, 승리를 위해 전
진하는 동력입니다. 그런 성분적 요소가 없다면 나이가
어리다고 젊다고 하는 것은 민망한 노릇입니다. 참된 젊
음이란 세계를 바꾸려는 의지와 열정, 거짓에 물든 삶과
불의에 타협하지 않는 용기를 지녀야 합니다. 젊음은 세
계의 결핍, 부조리, 불공정 따위를 투시하며 그것에 맞섭
니다. 부조리에 반항하고, 불가능에 도전할 때 젊음은 무
모해 보입니다. 그들은 '도대체 어쩔 셈이냐?'라고 걱정
하는 어른을 비웃습니다. 젊음은 자주 합목적성에서 벗어
나 기성 정치나 관습에 맞서고, 두려움을 떨치고 반항, 불
복종, 봉기, 반란에 나섭니다. 목전의 이익이 아니라 내면

의 순수한 도덕적 명령에 따르는 탓입니다. 한편으로 젊음의 시기는 혼란과 불안에 빠지기 쉽습니다. 그들이 길 위에서 항상 바르게 걷는 것은 아닙니다. 그들이 자주 기우뚱거리는 것은 완숙 경험의 부재로 인해 어리석은 선택을 하거나 실수를 저지른 결과입니다. 어떤 젊은이들은 일탈과 씻을 수 없는 과오를 저지르며 탕아로 전락합니다. 젊음이 항상 '승리로 가득한 아침'을 맞는 것만은 아니고, 그보다 더 자주 실패와 고난의 뒤안길에서 헐떡거리고 방황합니다. 프랑스 철학자 폴 니장(Paul Nizan)은 한 책에서 "나는 스무 살이었다. 나는 누구라도 그때가 내 삶에서 가장 아름다운 시기라고 말하도록 내버려 두지 않을 것이다"라고 썼습니다. 폴 니장은 왜 그렇게 썼을까요? 스무 살이 가장 아름다운 시기라고 말하는 것은 과장된 낙관주의에 따른 무책임한 수사에 불과합니다. 누군가에게 스무 살은 끔찍스러운 경험일 수도 있습니다. 스무 살 무렵 내가 겪은 혼란과 방향 상실, 모순과 불확실성 들을 떠올릴 때가 그렇습니다.

돌아보면, 젊음은 젊음을 모르고, 그 모름을 모른 채로 저를 불사릅니다. 젊음이 젊음을 모른다고 큰 흠이 되지는 않습니다. 다만 알고도 모르는 척하는 게 좋고, 모르면서 두루 아는 척하는 것은 병입니다. 병을 병으로 안다면 이는 병이 되지 않습니다. 노자는 "지부지상(知不知上)", 즉 모름을 아는 게 앎의 최상이라고 말합니다. 노자는 왜 모르는 것을 아는 게 가장 좋다, 라고 했을까요? 앎의 위계에서 모름을 아는 게 가장 높은 경지입니다. 사람의 앎에는 분명한 한계가 있습니다. 사람이 아무리 많은 지식을 쌓는다 해도 모르는 게 있는 법입니다. 그 한계를 인정하는 사람은 겸손하게 자연에 순응하며 살 수 있지만 오직 자기 모름을 모르는 사람이 자만에 빠져 으스대는 법입니다. 누군가 자기 앎을 자랑한다면 이는 어리석습니다. 그 으스댐은 제 안의 무지에 대한 자각이 없는 탓입니다. 따라서 도를 알면서도 모른다고 말하는 것이 가장 좋습니다. 공자는 제자 자로에게 이렇게 말했습니다. "너에게 안다는 게 무엇인지 알려주마. 아는 것을 안다고 하고, 모르는 것을 모른다고 하면 이것이 아는 것이다."(『논어』, '위정'편) 사람은 아는 것보다 모르는 게 더 많습니다. 노자는 "부지지병(不知知病)", 즉 모른다는 것을 모르는 게 병이다, 라고 말합니다. 모르는 것을 안다고 말하는 것을 병든 상태라고 규정한 이유는 무엇일까요? 자기가 모르는 것을 모르고, 모르는 것을 말하는 행위는 자연을 거스르는 일입니다. 그런 사람은 반드시 곤경에 처합니다. 모름을 모른다고 하는 것, 그게 덕이고 지혜입니다.

덕이 두터운 사람은 갓난아이에 견줄 수 있다

함덕지후 비어적자 含德之厚 比於赤子

106

○ 　덕을 두텁게 품은 사람은 갓난아이에 견줄 수 있으니 독 벌레도 쏘지 못하고, 맹수도 할퀴지 못하며, 사나운 새 들도 덮치지 못한다. 뼈는 약하고 근육은 부드럽지만 쥐 는 힘은 강하다. 암수의 교합에 대해 아직 모르지만, 생 식기가 저절로 일어서는 것은 정기가 지극한 상태이기 때문이다. 종일을 울어도 목이 쉬지 않는 것은 조화가 지 극한 상태에 있기 때문이다. 조화를 아는 것을 변함이 없 는 도라 하고, 변함없는 도를 아는 것을 밝은 지혜라 한 다. 억지로 연명하는 것을 좋지 못한 징조라 하고, 마음 으로 기를 다스려 쓰는 것을 강하다고 한다. 만물의 기세 가 너무 왕성하면 곧 쇠퇴하는 것을 일컬어 영원히 변치 않는 도가 아니라 한다. 자연의 도가 아닌 것은 금방 그 치고 만다. 　　　　　　　　　　　　　　　　　（55장）

　장년기를 넘어 노년기로 접어들면 신체기능이 퇴화 하면서 여기저기 탈이 납니다. 무릎에 퇴행성 관절염이 오고, 심장이나 신장, 갑상선 기능은 나빠집니다. 오래 써서 그 내구성이 떨어지기 때문입니다. "퇴행성이 어 느 별자리인가/갑상선이 뉘 집 나룻배인가." 어떤 시인 은 신체의 고통을 안으로 삭이면서 그것을 해학의 소재 로 삼았는데, 시인이 신체의 쇠락을 해학으로 승화시키는 것은 제 안의 낙천주의 때문이겠지요. 고통에 익사하는 자는 비명만을 남기지만, 고통을 관조하는 자는 삶의 진실과 마주치게 되지요. 고통을 해학과 익살의 소재로 삼고 그것을 갖고 노는 것은 고통에 결코 지지 않겠다는 영장류의 의지와 의연함을 드러내는 일입니다.

노자는 조화의 지극함을 말하며 갓난아이를 가리켜 조화의 지극함을 두텁게 머금은 자라고 칭송합니다. 갓난아이는 살이 말랑말랑하고 뼈는 약합니다. 볼은 젖살이 올라 부드럽고 탱탱하지요. 갓난아기의 보드라운 볼살을 쓰다듬으면 기분이 좋아집니다. 갓난아이는 아직 이름도 갖지 못한 채 그저 '아가, 아가!'라고 불리는 존재이죠. 아직 피로도 수고함도 모르고, '나'와 세계를 애써 분별하지 않고, 과거도 미래도 모른 채 그저 존재함의 시초 속에 머무는 생명입니다. 갓난아이는 암컷과 수컷의 교합을 모르지만 생식기가 저절로 발기합니다. 노자는 이런 갓난아이를 "정기의 지극함", "조화의 지극함"에 이른 존재라고 말합니다. 벌이나 전갈이나 독충이 쏘거나 물지 않고, 맹수가 덮치지 않으며 새가 발톱을 세워 공격하지 않는 것도 그 때문입니다. 갓난아이는 무지 속에서 스스로 그러함에 처합니다. 목숨을 더하고 기를 억지로 하지 않는 갓난아이에게 무지는 불편한 게 아닙니다. 노자는 "덕이 떠나지 않으면 갓난아이로 되돌아간다"(『노자』, 28장)라고 말합니다. 갓난아이는 무지의 순수함에 처해 있는 까닭에 죽음을 두려워하지 않고, 삶이란 광대놀음에 휘둘리지도 않습니다. 갓난아이는 끝도 시작도 분별하지 않은 채 늘 새롭게 시작합니다. 이 무분별의 분별 속에 머무는 갓난아기만이 덕이 두터운 사람과 견줄 수가 있습니다. 고갈, 부패, 침체, 노쇠, 피로 따위를 도무지 모르는 갓난아이에겐 오로지 신생과 약동, 조화의 지극함만이 있을 뿐입니다. 갓난아이는 거짓이나 삿됨이 없음으로 온전한 덕을 가진 존재인 까닭에 덕을 두텁게 머금은 사람만이 갓난아이에 견줄 수가 있습니다. 독벌레도 쏘지 못하고, 맹수도 할퀴지 못하며, 왕필은 "갓난아이는 구하는 것도 욕망하는 것도 없으므로 뭇사람을 해치지 않는다. 그러므로 독충이나 맹수에게 덤비지 않는다. 덕이 두터운 사람은 사나운 것에 덤비지 않음으로 사나운 것도 갓난아이의 온전함을 해치지 않는다"라고 합니다. 한 점의 삿됨이나 꾸밈이 없고, 암수의 합궁을 모르면서도 저절로 발기를 하고, 종일 울어도 목이 쉬지 않는 갓난아이도 어른이 되면 뼈가 굳세어지고 근육은 단단해집니다. 기골이 장대해지도록 커지면서 정기는 탁해집니다. "물장즉노(物壯則老)", 즉 강하고 굳세어질 때 만물이 노쇠해지는 것은 제 안의 정기가 탁해지는 까닭입니다. 초목이나 동물이 장성하면 그를 지탱하는 것들의 쇠락은 피할 수가 없는 게 자연의 이치인데, 수명을 더하려고 억지로 연명하는 태도는 올바르지 않습니다. 그것은 자연의 도를 거스르는 일이기 때문입니다.

뿌리로 돌아감을 고요함이라고 한다

귀근왈정 歸根曰靜

○ 　비움에 이르기를 지극히 하고, 고요함을 지키기를 두텁게 하라. 그러면 만물의 온갖 움직임이 다시 돌아가는 것을 보게 된다. 만물이 갖가지 모습으로 움직이지만 저마다 제 뿌리로 돌아가는 것이다. 뿌리로 돌아가는 것을 고요함이라고 하였으니 고요함을 일러 명으로 돌아간다고 한다. 명으로 돌아가는 것을 각자 본래의 참모습으로 돌아간다고 한다. 명에 돌아가는 것을 항상된 이치라고 말하고, 항상된 이치를 아는 것을 명철함이라고 한다. 항상된 이치를 깨닫지 못하면 경거망동하면 흉하다. 항상된 이치를 깨달으면 누구에게나 너그럽게 대하고 너그럽게 되면 공정하게 되며, 공정하게 되면 왕의 덕을 갖추는 게 되는 것이다. 왕의 덕을 갖추면 하늘과 짝하고 하늘과 짝하면 도와 하나가 되고 도와 하나가 되면 장구하게 되니 죽을 때까지 위태롭지 않다.　　　　　（16장）

　마당에 살구나무 한 주 서 있는 바닷가 여인숙이 있다면 거기 가서 몇 년쯤 고요하게 지내다 오고 싶습니다. 세상 같은 거 다 잊고, 말 같은 거 다 잊고, 책 같은 거 다 잊고! 외로움을 탕약 달여 먹듯이 삼키고 바닷가나 어슬렁거리며 지내고 싶습니다. 그리운 사람 멀리 두고 매화가 피면 매화가 피었다고 쓰고, 봄비에 풋살구가 떨어지면 풋살구가 떨어졌다고 쓰며 한 세월을 지내고 싶습니다. 쓰고 싶은 책이 만 권이 있어도 가슴에 묻어 두겠습니다. 보고 싶은 마음이 하늘보다 더 커도 꾹 눌러 참고 있겠습니다. 은나라 말기의 백이와 숙제같이 은둔자로 사는 즐거움을 누리겠습니다. 간혹 짜장면이나 한 그릇씩 사 먹고 빈 그릇은 신문에 덮어 내놓는 한가로운 생활을 애서 누리겠습니다.

하늘은 비었고, 땅은 고요합니다. 그렇건만 사람은 비울 줄 모르고, 고요할 줄 모릅니다. 소박함에서 멀어진 까닭입니다. 노자는 "치허극 수정독(致虛極 守靜篤)"이라고 말합니다. 비움에 이르기를 지극히 하고, 고요함을 지키기를 두텁게 하라, 는 뜻입니다. 여기서 "허(虛)"는 욕심을 비운다는 뜻이고, "정(靜)"은 고요에 머문다는 뜻입니다. 비움과 고요를 알지 못하고는 도나 덕을 말할 수는 없습니다. 이 둘이 있어야 초탈함에 이를 수 있습니다. 초탈함이야말로 도의 수단이고 방법입니다. 만물이 갖가지 모습으로 움직이지만 결국 저마다 제 뿌리로 돌아갑니다. 왕필은 이렇게 말합니다. "무릇 존재하는 모든 것은 허함에서 생겨나고 움직임은 고요함에서 일어나니 만물이 모두 함께 움직이더라도 마침내 '허'와 '정'에 복귀한다." 그렇다면 우리는 어떻게 잘 비울 수 있을까요? 어떻게 고요에 잘 머물 수 있을까요? 비움은 채움의 전제조건입니다. 비움 없이는 어떤 채움도 없습니다. 고요는 존재의 번성함에 앞선 조건입니다. 고요해야만 비로소 도를 쥘 수가 있습니다. 고요는 무욕과 무심이 없다면 닿을 수 없는 소슬한 경지입니다. 무욕과 무심이 소박한 삶의 바탕입니다. 그렇게 사는 게 "각복귀기근(各復歸其根)" 즉 뿌리로 돌아감이 아닐까요? 세상의 소란을 등지고 초탈하게 사는 것, 그게 "귀근왈정(歸根曰靜)"입니다. 뿌리로 돌아감이 맑고 고요해지는 것입니다. 만물은 작게 시작해서 크게 무성해진 뒤 결국 뿌리로 돌아갑니다. 뿌리로 돌아가는 삶이야말로 하늘의 섭리에 따르는 것입니다. 사람이 능히 도를 구하여 넓히나요? 아닙니다. 도가 사람을 넓히는 것이지 사람이 도를 넓히는 게 아닙니다. 사람이 도를 애써 구하면 능히 도가 넓어집니다. 마당에 살구나무 한 주 서 있는 바닷가 여인숙에 얼마간 살 기회가 주어진다면 "사람이 능히 도를 넓힌다"라는 노자의 말씀이나 곱씹으며 살겠습니다.

싸움을 슬피 여기는 자가 이긴다

애자승의 哀者勝矣

116

○ 병법에 이런 말이 있다. 공격에 주동이 되려고 하지 말고 피동이 되어 한 치 앞으로 나아감보다 오히려 한 자씩 물러나라. 이것을 가리켜 걸음 없는 걸음을 걷고 팔이 없는 소매를 걷어붙이며 무기 없는 무기를 잡고 없는 적을 대적한다고 한다. 화로 말하자면 적을 경시하는 것보다 더 큰 재난은 없어 적을 가볍게 보게 되면 나의 모든 보물을 잃게 된다. 그러므로 군사를 동원하여 맞붙어 싸우게 될 때에는 싸움을 슬피 여기는 쪽이 승리하게 된다. (69장)

누구는 죽고 누구는 살아남습니다. 산 사람은 죽은 사람의 기일을 기억하는 사람입니다. 슬픔을 견디는 사람의 기억력은 왜 유독 슬픈 것에만 작동하는 것일까요. 죽음이나 슬픔 따위 다 사라진 세상을 꿈꾸지만 죽음도 슬픔도 사라지지 않습니다. 장켈레비치라는 철학자는 "생의 힘과 강도는 바로 죽음이 제공하는 것"이라고 말했지요. 죽음이 없다면 생이 이토록 매혹적이거나 빛나지도 않았을 터입니다. 몇 해 전 인천항을 떠나 제주도로 향하던 여객선이 진도 앞바다에서 침몰했습니다. 3백 명이 넘는 어린 생명들이 수장되었습니다. 이 참혹한 집단 죽음은 우리 모두의 큰 슬픔이자 트라우마가 되었습니다. 그 억울한 죽음을 떠올릴 때마다 심장이 찢기는 듯

괴롭고 슬펐습니다. 가끔 침몰하는 여객선 안에서 "살려 달라, 살려 달라!"고 외치는 목소리들이 환청처럼 울려 나옵니다.

훌륭한 장수는 공격을 일삼고 앞으로 나아가지 않습니다. 오히려 한 자씩 뒤로 물러날 줄 알아야 합니다. 이것이 넓고 두터운 덕입니다. 세상은 백전백승을 하는 장수를 우러러보지만 정말 싸움을 잘하는 사람은 싸우지 않고 이기는 사람입니다. 이것은 "감히 하는 데 용감한 사람은 죽을 것이고, 감히 하지 않음에 용감한 사람은 살 것이다"라는 말과 통합니다. 노자는 "시위 행무행 양무비 집무병 잉무적(是謂 行無行 攘無臂 執無兵 扔無敵)"이라고 말합니다. 행군하려고 해도 진영이 없고, 팔뚝을 걷어붙이려 해도 팔뚝이 없으며, 잡으려고 해도 병기가 없고, 잡아채려고 해도 적이 없다는 뜻입니다. 내 눈길을 사로잡는 것은 "고항병상가 애자승의(故抗兵相加 哀者勝矣)"라는 이 장의 마지막 구절입니다. 왜 비슷한 규모의 군대가 서로 맞붙을 때는 싸움을 슬피 여기는 자가 이긴다고 했을까요? 선공을 취한 쪽은 전쟁에 능동으로 나서는 것이고, 마지못해 전쟁에 나선 쪽은 싸움을 애통한 것으로 여겨 피동으로 임합니다. 노자는 부득이하게 싸우더라도 무위로써 전쟁을 치르고, 전쟁에서 이기더라도 슬퍼함을 잃지 않아야 된다고 말합니다.

　　가끔 슬픔에 대해 생각합니다. 슬픔을 품은 마음의 바탕은 유약하고 애처로운 것을 향한 자애함입니다. 슬픔의 주체가 누구이건 슬픔은 존재의 헐벗음에 대한 자각에서 비롯합니다. 존재가 헐벗었는데 어찌할 수 없음, 주체의 무력감에서 슬픔이 싹틉니다. 슬픔이 쌓이고 쌓여 한을 만듭니다. 한마디로 한은 슬픔의 오랜 누적입니다. 노자는 왜 슬퍼하는 자가 이긴다고 했을까요? 슬픔이란 연약한 것이 강한 세상에 저항하는 방식입니다. 연약한 것일수록 슬픔이 많습니다. 자신의 마음 깊숙한 곳에 자리한 슬픔을 가만히 들여다보는 사람은 고난을 견디는 힘이 자라납니다. 슬픔은 연약해 보이나 실은 강한 것입니다. 슬픔에 끝끝내 지지 않고 넘어가는 사람은 강합니다. 아니, 슬픔으로 사람은 단련되고, 그렇게 단련되면 세상의 겁박에 짓눌리지 않습니다. 슬픔은 우리를 슬픔 아닌 다른 세계로 안내합니다.

밝게
비추되
번쩍이지
마라

광이불요 光而不燿

○ 그 다스림이 애써 어수룩하면 백성은 순박해지지만 그 다스림이 깐깐하면 백성은 막 나간다. 재앙에는 복이 기대어 있고 복에는 재앙이 엎드리고 있으니 누가 그 끝을 알 수 있으랴. 절대적인 올바름이란 없다. 바른 것이 뒤집혀 도리어 기이한 것이 되고, 좋은 것이 뒤집혀 도리어 괴이한 것이 되었으니, 사람들이 미혹된 그날들이 참으로 오래되었구나. 이 때문에 성인은 반듯하지만 가르지 않고, 날카롭지만 상처 주지 않으며, 올곧지만 함부로 하지 않고, 밝게 비추되 번쩍거리지 않는다.　　（58장）

분리수거도 다 하고, 여름 물것들 대비해 창마다 방충망도 다 쳤으니, 이제 공작새처럼 한숨 돌리고 아이스 아메리카노라도 한 잔 마실까요. 은행 융자받은 거 이자 내고, 공과금도 밀리지 않고 다 냈으니, 이제 라이온 킹처럼 빈둥거리겠습니다. 오, 유월이군요! 저기 저 청산은 푸르고, 청산 그림자를 안은 저수지의 물은 고요합니다. 이제 모란 작약 꽃도 다 졌으니, 이제 굶주린 음악가처럼 살지는 말아야 합니다. 주말에는 안성 고삼저수지 부근에 가서 묵밥 한 그릇 먹은 뒤 저수지 물가에 앉아서 잔바람에 밀리는 물결이나 바라보다 돌아오겠습니다.

　노자를 읽으면서 알게 된 "광이불요(光而不燿)"라

121

는 경구를 오래 새기고 살았습니다. 빛을 발하되 너무 번쩍거리지 않아야 한다는 뜻입니다. 남들은 제빛을 죽이고 은은하게 빛나는데 혼자만 지나치게 번쩍거리는 것은 보기에 흉합니다. "화광동진(和光同塵)"도 비슷한 뜻을 가진 말입니다. 제빛을 눅여 다른 티끌과 조화를 이루도록 하라는 뜻입니다. 제 덕과 재능을 지나치게 내세우는 것은 저 혼자 번쩍거리는 것입니다. 이는 도의 소박함에서 벗어나 볼썽 사나운 일입니다. 정말 훌륭한 통치자는 소박한 탓에 다소 어수룩해 보입니다. 그의 다스림은 깐깐하지 않고 느슨하며 넉넉해 보입니다. 백성은 그런 다스림 속에서 순박해집니다. 법치를 펼치되 엄격하고 깐깐하면 나라가 시끄러워지는 법입니다. 통치자에겐 어수룩함이 곧 대범함이고 덕입니다. 잘 다스리는 사람이 통치자가 된다고 좋은 세상이 오는 건 아닙니다. 통치자가 의욕이 넘쳐서 법을 자꾸 새로 만들고, 그 법을 자주 고치면 백성은 괴로워집니다. 통치자가 독선이 지나쳐서 올곧음에 집착하면 그 기준에 따라 백성의 살림 구석구석을 깐깐하게 들여다보고 간섭하는 일이 잦아집니다. 그걸 정도로 여기는 통치자는 백성을 가만두지 않고 괴롭힙니다. 오히려 다스림이 느슨하고 어수룩할수록 백성은 순박해집니다. 아서라, 제발 백성을 잘 다스린다고 괴롭히지 마십시오! 정말 훌륭한 통치자는 너그러운 덕으로 다스립니다. 노자는 "시이성인 방이불할(是以聖人 方而不割)", 그런 까닭에 반듯하면서도 남을 재단하지 말고, "염이불귀(廉而不劌)", 모가 나 있으면서도 남을 찌르지 않고, "직이불사(直而不肆)", 곧으면서도 널리 펼치지 않고, "광이불요(光而不燿)", 빛나면서도 번쩍거리지 않는다고 했습니다.

반드시 뒤집는 것이 도의 움직임이다

반자도지동 反者道之動

○   근본으로 돌아가는 것이 도의 움직임이고, 유약한 것이
    도의 작용이다. 천하의 만물은 있음에서 생겨나고, 이
    있음은 없음에서 생겨난다.   (40장)

    그리움이란 부재하는 것을 향한 마음의 이상화입니
다. 그것은 당신이 저기에 있지 않고 지금 여기 있기에
생기는 잉여 감정입니다. 그리움이란 없음에서 일어나는
아득한 사랑입니다. 뼛속까지 파고들면서 고통스럽게 만
든다는 점에서 질병입니다만 그리움은 더러는 무르익으
면서 영혼에 그늘과 그윽한 향기를 만듭니다. '나'는 누
군가를 사랑하는데, '너'를 향한 그리움은 뼛속까지 깊습
니다. '너'를 생각에 담지 않고 몇 걸음도 더 앞으로 나아
가기 힘듭니다. 그 사랑이 여의치 않은 까닭입니다. 이
괴로움에서 벗어나는 가장 좋은 방식은 잊는 것입니다만
아무리 잊고 싶어도 그리운 사람을 그리워하지 않은 날
이 없습니다. 사랑이 괴롭더라도 더 사랑하세요! 이 생에
서 사랑보다 더 좋은 것을 찾기는 힘듭니다.
    우리 모두는 본디 있음에서 생겨나는데, 그 있음의
뿌리를 따라가면 그 궁극은 없음입니다. "유생어무(有生
於無)"가 그것입니다. 노자는 그보다 앞서서 "천하만물
생어유(天下萬物生於有)"라고 말합니다. 천하의 만물은

125

있음에서 생겨나고, 이 있음은 없음에서 생겨난다는 뜻입니다. 세상의 만물[있음]은 "천지음양의 기운"에서 나오고, 있음은 늘 '깨어' 있음이고, '살아' 있음입니다. '깨어' 있음이란 불면 상태입니다. 존재가 불면 상태 속에서 노출되어 있음을 말합니다. 있음을 의식에서 떨쳐내지 못하는 것, 그게 '깨어' 있음입니다. 불면은 우리가 언젠가 잠드는 자라는 사실을 일깨웁니다. '살아' 있음의 동력은 존재하고자 함, 먹고 마시고 무언가가 되고자 함, 즉 욕망함입니다. 있음은 사유의 주체가 아니라 사유의 대상입니다. 그리하여 있음은 철학의 시작점입니다. '깨어' 있어야만 우리는 생각하고, 누군가를 그리워할 수 있습니다. 있음 속에 잠시 머무는 모든 존재는 우여곡절 끝에 없음으로 돌아갑니다. 노자는 "반자도지동(反者道之動)"이라고 말합니다. "반(反)"은 뒤집는다는 뜻과 되돌아간다는 뜻 둘 다를 포괄합니다. 먼저 되돌아감의 도착지는 통나무이거나 갓난아이입니다. 통나무나 갓난아이는 그 자체로 도이고, 소박한 근본입니다. 도는 항상 근본으로 돌아가고, 또한 도는 고요함 속에서 뒤집어집니다. 뒤집어짐은 그 성질이 반전한다는 뜻입니다. 온전하면 무너지고, 극에 달하면 되돌아오며, 가득 차면 기우는 것이 반전입니다. 만물과 인생의 이치가 다 그런 반전

속에 있습니다. 노자는 그 반전에서 도의 움직임을 직시했습니다. 『여씨춘추』에서는 "지극히 긴 것이 거꾸로 짧아지고, 지극히 짧은 것은 거꾸로 길어지는 것이 하늘의 도다"라고 말합니다. 도의 움직임이 반전 속에 일어남을 알아야 비로소 만물의 변화에 대해서 말할 수 있습니다.

큰 그릇은 더디 만들어진다

대기만성大器晚成

○ 정말 뛰어난 사람은 도를 들으면 부지런히 따르려 하고, 어중간한 사람은 도를 들으면 간직할 것 같기도 하고 버릴 것도 같다. 하찮은 인품을 가진 사람은 도를 들으면, 비웃듯이 크게 웃는다. 웃지 않는 것은 도가 되기에 부족한 것이다. 그러므로 예로부터 격언이 있으니, 밝은 길은 어둑한 듯하고, 앞으로 나아가는 길은 물러나는 듯하며, 평평한 길은 울퉁불퉁한 듯하고, 가장 훌륭한 덕은 계곡과 같으며, 정말 깨끗한 것은 더러운 듯하고, 정말 넓은 덕은 부족한 듯하고, 건실한 덕은 게으른 듯하고, 정말 참된 것은 변질된 듯하다. 크게 모난 것은 모난 데가 없고, 그릇이 크면 늦게 만들어진다. 소리가 크면 듣기 어렵고, 모양이 크면 형체를 알 수 없다. 도는 드러나지 않고 이름이 없으며, 오로지 도는 잘 내어주고 다시 이룬다. (41장)

『노자』 중에서 내 마음을 가장 끄는 장입니다. 처음 읽고 좋아서 여러 번에 걸쳐 읽고 또 읽었던 장입니다. 큰 것은 늦고 작은 것은 빠릅니다. 큰 그릇은 가장 늦게 만들어지고, 가장 좋은 일은 늦게 오는 법입니다. "대기만성(大器晩成)"은 인구에 널리 회자하는 경구입니다. 말 그대로 큰 그릇은 더디 이루어진다는 뜻입니다. 만리

장성은 하루아침에 완성되지 않는다는 말과 맥락이 상통합니다. 꽃나무를 기르는 자가 꽃을 보려면 먼저 꽃나무에게 정성을 쏟고 길러서 꽃이 피기까지 인내심을 갖고 기다려야 합니다. 대추나무를 심어서 열매를 수확하려면 대추나무가 자랄 때까지 기다려야 합니다. 자연의 이치를 거슬러 꽃을 보고, 열매를 딸 수는 없는 노릇입니다.

노자는 상반과 대립하는 것을 대조하며 사유를 펼치기를 좋아합니다. 이것은 정언약반(正言若反)의 수사학입니다. 여기 클 대(大)가 네 번이나 언급되는 것에 주목할 필요가 있습니다. "대방무우(大方無隅)", "대기만성(大器晚成)", "대음희성(大音希聲)", "대상무형(大象無形)"이 그것입니다. 사물은 커짐으로써 그것에 씌워진 피상적 의미를 바꿔버립니다. 밝은 길은 어둑해 보이고, 평평한 길은 울퉁불퉁한 것 같고, 정말 큰 소리는 듣기 힘듭니다. 큰 형상은 꼴이 없고, 큰 모양은 모습이 보이지 않습니다. 큰 지혜는 드러나지 않고, 도가 성하면 이름이 없습니다. 성질이 극에 달하면 뒤집어지는 것이 도의 움직임입니다. 『여씨춘추』에도 비슷한 경구가 나옵니다. "큰 지혜는 드러나지 않고, 큰 그릇은 늦게 만들어지며, 큰 소리는 들리지 않는다." 『여씨춘추』의 이 어구는 노자에게서 온 것일까요? 『여씨춘추』의 어디에도 그

출처를 언급하지 않습니다. 사물이 커질 때 그에 따라 인식의 확장과 전환이 이루어지지 않으면 대상을 잘못 인식하는 오류에 빠질 수가 있습니다. 보이는 게 보는 것의 전부가 아닙니다. 커지면 많은 것들이 그 크기 속에 숨습니다. 보람과 열매를 빨리 쥐고 싶은 조급한 마음을 다스리며 기다릴 줄 알아야 합니다. 때가 이르지 않았는데 큰 그릇을 바란다면 반드시 낭패를 당하고 말 것입니다.

배움을 끊으니 근심이 없다

절학무우 絕學無憂

○ 배움을 끊으니 근심이 없다. '네' 하는 것과 '응' 하고 대답하는 것이 서로 얼마나 차이가 나는가? 사람들이 두려운 것을 두렵지 않다고 할 수는 없는 것. 아득하구나, 끝이 없구나. 사람들이 매우 즐거워하는 것이 잔치에 초대받은 손님 같고, 봄날 누각에 오른 것 같은데, 나는 홀로 덤덤하여 그러할 조짐이 없고, 마치 갓난아이가 아직 웃지 못하는 것과 같다. 지치고 고달프다! 돌아갈 곳조차 없는 것 같다. 사람들은 모두 넉넉히 모여 있건만, 나는 홀로 남은 것 같다. 나는 마음이 어리석은 사람인가 보다. 어지럽고 혼탁하다! 세상 사람들은 똑똑한데, 나만 홀로 어리석구나. 세상 사람들은 잘 살피건만 나는 홀로 답답하구나. 잔잔하여 바다 같고 스치는 바람 소리 그치지 않네. 사람들은 모두 쓸모 있건만 나는 어찌 홀로 고집 세고 볼품없는가? 내가 남과 다름이 있다면 낳고 먹여 기르는 어미를 귀히 여기는 것이라네. (20장)

　　창문은 세계를 보여주는 액자입니다. 우리는 창문을 통해 바깥세상을 봅니다. 창문은 집의 영혼이고, 집의 눈입니다. 우리는 창문을 통해 한 계절이 가고, 다음 계절이 오는 것을 봅니다. 계절이 바뀌는 것을 배신이라고 말할 수 없습니다. 어쩌면 그럴 수도 있겠습니다. 계절은 계절을 배신함으로써 새로운 계절에 닿습니다. 창문 너머 목련은 어느덧 꽃망울을 맺고, 여름 직전에 그 순백의 꽃잎은 누렇게 변하여 뚝뚝 떨어집니다. 가을이 되면 녹색을 잃은 목련나무 잎들이 덧없이 져서 땅으로 내려앉습니다.

　하루가 가고, 한 계절이 가고, 한 해가 갑니다. 시간이 가도 기다린 사람은 오지 않았습니다. 어쨌든 오는 것은 모두 시간과 함께 온다는 사실을 굳게 믿었건만 당신은 오지 않았습니다. 당신이 오지 않았으니, 창가에 앉아 생각을 합니다. 이때 생각은 미래를 향해 더듬이를 뻗고 그 미래가 보내는 신호들을 가만히 수신하는 것입니다. 창문이 없다면 내게 오는 것들, 즉 당신도, 내일도, 미래도 볼 수 없습니다. 다행히 창문이 있으니 그 창문을 통해 계절이 새로 오는 것, 떠난 당신이 언젠가 돌아오는 것도 볼 수가 있습니다. 창문이 있어야만 집은 온전해지는 것입니다.

　노자는 "절학무우(絶學無憂)"라고 합니다. 배움을 끊으니, 근심이 없다는 뜻입니다. 배우지 않는 것이 좋으니 배우지 않으면 괴로움이 없다는 말과 통합니다. 많이 배우는 것에 대해 매우 비판적인 시각이 드러나는 대목입니다. 노자는 왜 이런 말을 했을까요? 학문을 하는 것은 끝이 없는 일입니다. 배움이 반드시 도에 더 가까워지는 일은 아닌 것입니다. 오히려 도를 아는 사람은 제 안의 학문[배움]을 덜어냅니다. 노자는 "황혜기미앙재(荒兮其未央哉)"라고 했습니다. 이는 아득하구나, 끝이 없구나, 라는 탄식입니다. 배움이 득세하면 도가 들어설 구석이 없습니다. 책에서 배운 것들, 지식의 총량을 늘리면 더 똑똑해지겠지만 지혜가 더 커진다고 할 수는 없는 것과 마찬가지입니다. 지식은 많아도 어리석음에 빠지는 경우가 얼마나 많습니까! 헛똑똑이들이 제 꾀에 넘어가서 세상을 어지럽히는 것을 자주 봤습니다. 너른 지식을 습득한다고 해서 근심이 줄어들지는 않습니다. 배움을 끊으십시오! 그러면 지혜를 얻을 것입니다. 육조 혜능(慧能, 638~713)은 당나라 시대의 선승으로 남종선(南宗禪)의 시조입니다. 혜능은 세 살 때 부친을 잃고 아무 교육도 받지 못한 채 가난하게 자랐습니다. 나무를 짊어지고 팔러 다녔는데 어느 집에서 『금강경(金剛經)』 외는 소리를 듣자마자 불현듯 큰 깨달음을 듣고 출가했습니다. 24세 때 기주 황매산 동선원(東禪院)에 머물던 선종의 제5조 홍인(弘忍, 601~674) 문하에서 가르침을 받고, 선법(禪法)을 물려받아 선종의 제6조가 되었습니다. 혜능의 경지는 얼마나 아득합니까! 배움을 끊어야만 배움을 건너뛰어 다음 경지로 넘어갈 수 있습니다. 육조 혜능은 배움의 폐단에서 스스로를 지켰기에 궁극의 지혜에 가 닿았습니다. 그게 바로 아득한 경지입니다.

발꿈치를 들고는 오래 서 있지 못한다

기자불립 企者不立

○ 발꿈치를 들고는 오래 서 있지 못하고 가랑이를 크게 벌리고 걷는 사람은 멀리 가지 못한다. 나를 내세워 자랑하면 환하지 않고, 스스로를 옳다고 하면 밝지 않다. 스스로 공을 자랑하면 공을 세울 수 없고, 스스로 우쭐거리는 사람은 뛰어나지 않다. 그런 사람은 도로 말하자면 먹다 남은 찌꺼기 음식이나 사마귀와 같다. 사람들은 누구나 그걸 싫어한다. 그 때문에 욕심이 있어도 거기에 머물지 않는다. ⟨24장⟩

저물 무렵 서울에 볼일을 보러 나갔다가 파주로 들어오는 자유로에서 서해로 지는 태양을 바라볼 때 '아, 오늘 하루도 끝나는구나!' 하는 안도감이 밀물져 들어옵니다. 오늘 하루, 나는 어디에 족적을 남겼던가요. 그 발자취 따라가면 그게 결국은 나 자신을 향해 걸어가는 길이었음을 깨닫습니다. 깨달음은 항상 우리가 간 자취를 따라옵니다. 인생은 저마다의 방식으로 자기를 찾아가는 길입니다. 그 길이 고난의 길일지라도 우리는 그것을 품고 사랑할 수밖에 없습니다. 한 시인은 그 발자국 따라가면 "사고(思考)의 힘줄이 길을" 연다고 합니다. 산다는 것은 길을 밟고 나아가며 길을 여는 것. 그 길로 나아가지 않는다면 그 무엇도 만날 수 없습니다. 노후가 되면 제 발자취가 나아간 길들을 하나씩 꺼내 반추하는 시간이 늘어납니다.

　　노자는 "기자불립 과자불행(企者不立 跨者不行)"이라고 말합니다. 이는 발꿈치를 들고는 오래 서 있을 수 없고, 가랑이를 벌리고는 오래 걸을 수 없다는 말입니다. 발꿈치를 드는 것은 남보다 더 커 보이기 위함이고, 가랑이를 넓게 벌리고 걷는 것은 남보다 빨리 가기 위함입니다. 이것은 무위가 아니라 유위의 행위, 자연의 도를 따르지 않는 것입니다. 이런 행위는 임시방편에 지나지 않으며, 혼자 우쭐거리는 자기 과시의 의도를 드러냅니다. 억지로 경쟁에 이기려 들면 자연스러움에서 벗어나게 됩니다. 도의 무위성에서 벗어남으로써 이는 "찌꺼기 음식이나 사마귀"로 전락합니다. 노자는 "자벌자무공 자긍자부장(自伐者無功 自矜者不長)"이라고 했습니다. 스스로 자랑하는 사람은 공을 세울 수 없고, 스스로 과시하는 사람은 진짜로 뛰어난 사람이 아닙니다. 스스로를 옳다거나 자랑하는 자는 덕이 오래가지 못합니다. 도가 있는 사람이라면 애써 그것을 피하고자 합니다. 세상의 어떤 일도 억지로 도모해서 잘되지 않습니다. 남이 잘된다고 남이 하는 방법을 흉내 내는 것은 하수의 일입니다. 남들이 빨리 간다고 가랑이를 힘껏 벌리고 가는 것은 오래가지 못합니다. 오직 자신을 돌아보고 제 분수와 처지에 맞는 방법을 찾아야 합니다. 그게 자연의 도를 따르는 길입니다. 억지를 부리지 않고 자연의 도를 따르는 것만이 시행 착오를 줄이고 성공에 이르는 첩경입니다.

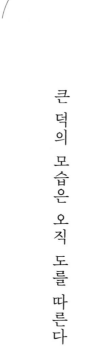

큰 덕의 모습은 오직 도를 따른다

공덕지용 유도시종 孔德之容 惟道是從

○　큰 덕의 모습은 오직 도를 따른다. 도라는 것은 정말로 황하고도 홀하다 홀하고 황하구나! 그 안에 형상이 있다. 황하고 홀하구나! 그 안에 사물이 있다. 그윽하고 아득하구나! 그 안에 실정이 있다. 그 실정은 매우 참되어서, 그 안에 미더움이 있다. 예부터 지금까지 그 이름이 떠나지 않으니, 그것을 통해 시작을 보는구나. 나는 무엇으로써 모든 것이 시작되는 상태를 알겠는가? 이것에 의해서이다.　　　　　　　　　　　　　　　　〔21장〕

도심 가로수에 붙어 우는 매미 울음은 종일 맹렬합니다. 매미가 나무의 멱살을 부여잡고 웁니다. 매미는 숨어서 울지 않고 반드시 들키려고 웁니다. 한 시인이 "아예 울음으로 동네 하나를 통째 잠근다"라고 쓸 때 그 표현의 절묘함에 놀랍니다. 칠 년 만에 땅속 칩거에서 기어 나와 받은 목숨을 내걸고 우는 매미는, 삶이 기적이고 커다란 놀라움이란 걸 깨달아 아는 듯합니다. 매미의 울음은 필멸에 저항하는 외로운 투쟁입니다. 매미는 파르티잔이고, 그 맹렬한 울음은 갸륵한 봉기입니다. 매미는 울음으로 짝을 구하고 종족 보존의 숭고한 의무를 다할 수 있습니다. 사정이 이러하니, 말리지 마십시오. 저 울음! 이 여름 저 생명의 맹렬함을 능가할 것은 없습니다. 매미에게는 매미의 덕이 있고, 사마귀에게는 사마귀의 덕이 있습니다. 저 맹렬하게 우는 매미에게서 나는 덕의 지극함을 엿봅니다.

이 장은 "도지위물(道之爲物)", 즉 도라는 것의 물건 됨에 대해 논합니다. 도는 상(象)을 취하지 않습니다. 모양도 없고, 고정된 형체를 취하지 않는 까닭에 도는 미묘 현통(玄通)합니다. 말로 표현할 수 없지만 스스로 나타나는 까닭에 도라는 물건은 있는 듯도 하고 없는 듯도 하다고 말합니다. 도는 심오하고 그윽한 것으로 물건이 될 수 있는 게 아닙니다. 도는 형상이 없는 형상이고, 사물이 없는 상입니다. 도는 빛도 소리도 형상도 없습니다. 도는 삼라만상에 깃들어 있지만 보이지 않습니다. 본디 도와 덕은 하나입니다. 도가 영원하고 완전한 그 무엇이라면 덕은 경험 세계에서 이루어지는 도의 구현이라고 할 수 있습니다. 따지자면 도와 덕은 한 뿌리에서 나온 두 가지입니다. 도가 본 가지라면 덕은 곁가지입니다. 도가 몸통이고 덕은 팔다리이니 덕은 도에서 갈라져 나온 다른 가지입니다. 노자는 오직 도 안에서 노니는 사람이 보여주는 황홀에 대하여 말합니다. "공덕지용(孔德之容)"이라는 경구에 나오는 공덕은 크고 대단하다는 뜻입니다. 큰 덕을 깨달은 사람은 오직 도를 따릅니다. 도를 따르는 사람에게는 꾸밈도 허세도 없습니다. 굳이 세상의 도덕률이나 규범에 얽매이지 않습니다. 오직 도 안에서 거침이 없고 삼가는 바 없이 자유롭습니다. 황홀은 도의 보이지 않는 형상을 드러낸 것입니다. 그런 까닭에 도를 일컬어 "황하고 홀하구나!" 했습니다.

하늘과 땅은 인자하지 않다

천지불인 天地不仁

○   하늘과 땅은 인자하지 않으니, 만물을 풀로 만든 개처럼 대한다. 성인은 인자하지 않으니, 백성을 풀로 만든 개처럼 대한다. 하늘과 땅 사이는 마치 커다란 풀무를 닮았다. 비어 있으나 쭈그러들지 않고, 움직이면 더욱 나온다. 말이 많아지면 자주 궁해지니, 마음속을 단단히 지킴만 못하다. 　　　　　　　　　　　　　　　　　　　　　　　（5장）

　　왜가리는 한반도에서 여름을 나는 철새입니다. 일부는 월동을 하면서 이 땅에 주저앉아 텃새로 바뀌었습니다. 여름 번식기 때 왜가리 부리는 주황색을 띱니다. 주로 강가, 해안, 개펄, 도심 하천의 수중보 따위에서 물고기나 개구리 등을 가리지 않고 잡아먹습니다. 비 그친 중랑천 둔치 열무밭에 앉아 꿈쩍도 않는 할멈이 있고, 열무밭에 앉은 왜가리도 있습니다. 한 시인의 신박한 은유에 따르면, 둘은 "가슴속에 빈 쌀독을 넣고" 다니는 같은 사연을 품은 부류입니다. 왜가리는 먹고사는 일의 시름을 잊은 듯 시종 꼿꼿한 자태입니다. 우리 눈에 한가로운 풍경으로 비칠지 모르지만 실은 먹잇감을 기다리는 것! 저것은 생존을 위해 인내하고 고투하는 자가 보여주는 범속한 애티튜드입니다.

　　"천지불인(天地不仁)", 즉 자연은 본디 인자하지 않

습니다. "천지불인"은 중의적인데, 자연이 만물을 대함에서 자비가 없다는 뜻과 사사롭지 않다는 뜻을 하나로 겹쳐냅니다. "천지불인"과 "천지무사(天地無私)"는 상통합니다. 천지, 즉 자연은 사사롭지 않고 자비롭지도 않습니다. 태풍이나 해일이 올 때 만물은 무너지고 삼켜지며 부서집니다. 그럴 때 사람들은 하늘도 무심하다고 탄식합니다. 노자는 "이만물위추구(以萬物爲芻狗)"라고 합니다. 하늘과 땅이 만물을 풀로 만든 개처럼 대한다는 뜻입니다. 풀로 만든 개를 "추구(芻狗)"라고 하는데, 이것은 고대 중국에서 제사 지낼 때 쓰기 위해 짚으로 엮어만든 물건입니다. 제사에서 쓰고 나면 버려지거나 불태워 없애버리는 이 물건에 대해 한 책에서는 이렇게 풀이합니다. "짚강아지[추구]는 아직 제사상에 진설되지 않았을 때는 대나무 상자에 잘 담고 수놓은 수건으로 덮어서 목욕재계한 시축(尸祝)이 그것을 옮긴다. 그렇지만 제사가 끝난 뒤에는 지나가는 사람이 그 머리와 등을 밟고 장작 때는 사람이 그것을 가져다 태워버리고 만다."[15] 추구는 제사 전에는 성스러운 물건 대접을 받지만 제사가 끝나 소용을 다한 뒤에는 가차 없이 버려집니다. 천지

15   김홍경, 『노자-삶의 기술, 늙은이의 노래』(들녘, 572쪽)

가 어질지 않아서 만물을 추구로 여긴다고 합니다. 천지와 만물의 관계가 이와 같습니다. 하늘과 땅이 만물을 자비 없이 대하니, 땅에서 사는 것들은 자주 시련과 고난을 겪습니다. 지진이나 태풍의 무자비함을 겪을 때 우리는 "천지불인"을 떠올립니다. 자연에서 삶을 도모하며 목숨을 부지하는 것들은 기필코 먹고사는 일의 고단함을 피할 수가 없습니다. 더러는 그 고단함이 생명 가진 것들을 단련시키기도 할 것입니다.

이름 없는 소박함을 구하라

무명지박 無名之樸

○ 　도는 늘 하는 일이 없는 듯 보이지만 하지 못함이 없으니, 통치자가 이런 도를 지킬 수만 있다면 만물은 저절로 깨우칠 것이다. 스스로를 깨우치려 한다면 욕심이 일어나게 되는데, 나는 그 욕망을 소박함으로 억누를 것이다. 이름 없는 본래 바탕은 소박한 것이니 장차 하고자 하는 욕심도 없어질 것이다. 욕심내지 않고 고요하게 있으면 천하가 저절로 안정될 것이다. 　　　　　　(37장)

　하현은 모서리가 깎이고 야위어 수척해진 달입니다. 하현은 기우는 달이자 가난한 달이고, 스러지기 직전의 달입니다. 성인은 어쩔 수 없이 이름 없는 존재들, 즉 야위고, 휘어져 기울며, 가난한 것을 향한 마음을 나눕니다. 야윈 것들, 휘어져 기우는 것들, 가난한 것들은 다 애잔합니다. 그 애잔한 것들을 모른 척해서는 안 됩니다. 그것들에 손을 내밀고 기꺼이 품으며 제 기운을 보태 주어야 합니다. 그래야 세상이 살 만해집니다. 저 혼자만 잘 사는 세상은 좋은 세상이 아닙니다.

　당신은 문밖에 있습니다. 문밖이란 비바람을 맞는 소외된 자의 자리, 안에서 내쳐진 뒤 눌리고 따돌림당하는 자들의 자리입니다. 옛날의 나그네나 떠돌이들, 오늘날의 난민, 홈리스, 이주노동자들이 문밖에 있는 자들입니다. 그들은 문밖에서 '타인의 고통'의 총합을 짊어집니다. 그들은 문안으로 들어오고자 하지만 끝내 실패하고 문밖에서 종말을 맞습니다. 그렇지 않다면야 당신이 공연히 어둠과 함께 무너질 리가 없습니다. 나는 문안에 있고, 저 문밖에는 어둠이 내립니다. 아, 가엾은 당신! 당신은 어디에 있습니까? 나는 당신이 있는 곳으로 가려고 합니다. 내가 당신에게 달려가는 것은 세계의 고통을 당신 혼자 감당하도록 내버려 두지 않겠다는 뜻입니다. 타인의 고통을 나눠 지는 것, 이것이 세상을 살 만한 곳으로 만드는 이타주의의 실천이고, 타인을 환대함입니다!

"무명지박(無名之樸)", 즉 이름 없는 통나무란 다듬어지지 않은 채 질박한 것입니다. 통나무는 어떤 가공도 하지 않은 상태입니다. 일부러 깎거나 다듬지 않은 자연 그대로의 나무, 소박함 그 자체입니다. 노자는 나라를 다스리는 일이나 개인이 제 삶을 꾸릴 때 늘 통나무와 같은 소박함을 유지하는 게 중요하다고 말합니다. 소박함과 검소함은 뜻에서 겹쳐지는 바가 있습니다. 그러나 검소함과 인색함은 다릅니다. 재화를 아끼고 살뜰하게 쓰는 것이 검소함이라면, 재화를 아끼되 지나치게 집착하는 것이 인색함입니다. 인색한 사람은 제 것이 아까워 차마 남에게 베풀지 못합니다. 검소함은 덕을 쌓는 일이라면, 인색함은 도에서 멀어짐이고, 덕이 없음과 같습니다. 검소한 사람은 오래가고, 인색한 사람의 영화는 짧습니다. 검소함은 지혜이고, 인색함은 어리석음이기 때문입니다. 사람을 다스리고 하늘을 섬기는 데 가장 중요한 것은 검소함입니다. 노자는 검소함을 일러 "유국지모(有國之母)", 즉 나라의 어머니라고 합니다. 통치자가 소박함으로 나라를 다스릴 때 나라를 오래 보존할 수 있습니다.

　노자 철학에서 통나무는 도와 무위의 표상입니다. 통나무는 인위적인 가공 흔적이 없으니 무위, 무사, 무미에 속합니다. 통나무보다 더 도를 표상하기 좋은 사물을 찾기는 어렵습니다. 노자가 "도상무위 이무불위(道常無爲 而無不爲)"라고 말할 때, 도는 항상 인위가 작용하지 않은 자연 그대로를 유지하는 것으로 함이 없지만 함을 하지 않음도 없다는 뜻입니다. 도가 작용하는 곳에서는 욕심이나 교만이 사라지고, 스스로 교화됩니다. 도가 무너지면 사회가 무질서해지고 도덕적 해이가 널리 퍼지고, 풍속이 타락합니다. 백성들이 교만해지고 거짓이 창궐한다면 통치자가 어떻게 해야 하나요? 도와 덕을 바탕으로 무위의 다스림을 펼쳐야 합니다. 그게 "통나무로 누른다"는 은유의 속뜻입니다. 노자가 이상적 정치 형태로 꼽는 것은 법령을 만들어 그걸로 백성을 윽박지르는 엄격한 법치주의를 펼치는 게 아니라 무위의 다스림입니다. 무위의 본바탕은 하지 않음, 즉 모든 게 스스로 이루어지는 자연에 맡김입니다. 이 무위의 다스림을 펼쳐야만 백성의 그릇된 욕망은 잠잠해지고 불만은 저절로 수그러들 것입니다. 그러면 백성은 본디의 소박함으로 돌아갑니다.

알다시피, 도는 항상 하는 것이 없지만 하지 않음도 없습니다. 도가 있으면 만물은 저절로 무성하고 바르게 번창합니다. 무위는 함이 없고, 이름조차도 없으니, 이것은 자연 그 자체이고 자연이 일구는 소박함입니다. 다듬어지지 않은 통나무와 같은 질박함 속에서 도의 기질을 투시한 노자는, 통치자가 되어 백성을 다스리거나 개인이 제 소규모의 삶을 꾸릴 때 늘 소박할 것을 주문합니다. 통치자가 무위로써 다스리면 백성을 교화하려고 애써 겁박하거나 억누르지 않아도 됩니다. 백성이 스스로 알아서 교화되기를 기다리며 자연스럽게 놓아두는 것, 그게 무위의 통치술입니다. 도는 늘 하는 일이 없어 보이지만 하지 못함이 없으니, 이것이 도의 현존이고 실현입니다. 자연은 늘 무위함에 존재합니다. 봄에는 씨앗이 발아하고, 싹이 트며, 온갖 초목이 자라납니다. 가을에는 잎들이 지고, 열매는 무르익어 땅으로 떨어져 자연의 순환 속으로 들어갑니다. 이렇듯 자연은 스스로 계절의 순환을 이루며 만물이 생명의 리듬에 따르도록 작용합니다. 자연은 도에 순응하고 도를 따르니, 도에 든 자는 자연과 마찬가지로 이름 없는 소박함에 처하기를 좋아합니다. 소박한 성정을 잃지 않는다면 과욕을 삼가고 늘 하지 않음에 바쁩니다. 소박함을 구하고 그에 따르는 사람은 아무것도 하지 않는 듯 보이지만 하지 않음이 없습니다.

지극히 선한 것은 물과 같다

상선약수 上善若水

156

○ 지극히 선한 것은 물과 같다. 물은 만물을 이롭게 하나 다투지 않고, 머무는 곳은 뭇사람들이 싫어하는 곳이니, 그러므로 도에 가깝다. 땅에 머물기 좋아하고, 마음가짐은 [고요한] 연못을 최상으로 여기며, 어울리는 것은 어진 사람과 더불어 하고, 말은 참이어서 믿음 있게 잘한다. 정치는 다스림을 잘하고, 일에는 해낼 수 있는 능력이 있어 좋다. 움직임은 때에 따라 잘하고, 무릇 누구와도 다투지 않으므로 허물이 없다. (8장)

새벽에 눈 떠보니 커튼을 젖힌 창밖에 바다가 한가득 밀려와 있습니다. 남쪽의 해안 도시 통영에서 맞은 푸르스름한 물색의 아침입니다. 내륙 깊숙이 들어온 바다는 파도가 없이 잔잔합니다. 바다가 가슴이 설렐 만큼 아름답지는 않습니다. 바지선과 거대한 크레인, 작은 어선과 여객선이 떠 있고, 내륙은 통영 세관, 가게와 음식점들, 도로 안쪽으로는 활어와 건어물을 파는 재래시장입니다. 시장을 돌아보면서, 어판장도 없는데, 이 많은 활어들은 다 어디서 가져온 것일까, 잠시 궁금했습니다. 문학상 심사를 하러 통영에 왔습니다. 통영시립박물관에서 심사를 마친 S시인과 L평론가 등과 부둣가로 나와 해물탕을 먹고 헤어졌습니다. 그들은 집으로 돌아가기 위해 버스터미널로 떠나고, 나는 부둣가를 걸어서 숙소로 돌아왔습니다. 갯내음이 강한 산들바람에서 여름이 끝이라는 감각이 왈칵 덮쳐옵니다. 이제 바다와도 작별, 붉은 꽃 피운 배롱나무와 백일홍과도 작별입니다. "진주와 산호를 키우는 세상/모래밭에 일그러진 진주도 섞여 있는/세상, 세계"(김승희, 「지상의 짧은 시」)에 와서 겪은 전대미문의 여름이 끝납니다. 멜랑콜리를 겪으면서 여름의 전별식을 치릅니다. 올여름도 통영 바다를 볼 수 있어서 다행이네요! 통영의 시장통 식당을 찾아가 늦은 아침 식사로 생선구이 백반을 먹고 집으로 돌아갑니다. 집에 돌아가면 바흐의 샤콘을 오래 듣고 싶습니다.

나는 바다를 굽어보며 무엇을 보고 무슨 생각을 했을까요? 자크 아탈리는 바다가 "자유와 영예와 도취와 비극을 가르친다"면서 "단지 어업, 모험, 발견, 교류, 부와 권력의 공간만은 아니다. 무엇보다도 바다는 인류 문화의 주요한 원천이다"라고 말합니다. 생물학자들은 생명의 기원이 바다라고 말하며, 지구의 생명들이 탄생하는 데 물이 중요한 매개물이었다는 사실에 대부분 동의합니다. 지구에 수천만 종의 생명이 한데 어우러져 번성할 수 있었던 것도 물이 있어서 가능한 일이었습니다. 바다는 지구 표면의 71퍼센트를 차지하고 그 면적은 3억

6100만 제곱킬로미터에 이릅니다. 바다에는 13억 3000만 톤의 물이 출렁입니다. 대략 44억 4000만 년 전 지구 대기를 감싸고 있던 수증기가 비가 되어 지표면에 떨어지며 바다가 생겼습니다. 이때 탄산가스, 황산염, 염화물이 녹아들고, 칼슘이나 마그네슘 같은 이온도 바닷물에 용해되었습니다. 최초의 생명은 바다에서 나왔습니다. 약 41억 년에서 38억 년 전 사이에 단세포 유기체나 원핵생물이 바다에 탄생한 것입니다. 5억 4000만 년 전 캄브리아기의 대폭발 이후 바다에 140종의 식물과 동물이 나타났습니다. 이들의 활발한 산소 교환 작용으로 새로운 식물, 박테리아, 다세포 생물 들이 빠르게 불어났습니다. 지구 생명체의 구성 성분 중 물이 차지하는 비중이 가장 높습니다. 인간의 몸은 70퍼센트가 물이고, 인간 혈장의 구성 성분은 바닷물과 거의 같습니다. 생물이 살아가는 데 필요한 산소의 절반과 인간이 섭취하는 동물지방의 5분의 1이 바다에서 나옵니다. 물 없이는 어떤 생명도 살 수가 없습니다. 지구에서 물이 사라지면 생물들역시 즉각 사라질 것입니다.[16]

16 　바다와 생명 탄생의 관계를 다룬 이 부분의 정보는 자크 아탈리, 『바다의 시간』(전경훈 옮김, 책과함께, 203쪽)에서 가져왔다.

인간이거나 식물이거나 곤충이거나 생명 가진 만물은 물에 기대어 제 생명을 잇습니다. 물은 생명이 나고 자라는 기반일 뿐만 아니라 우주의 근본 원리 중 하나입니다. 노자는 물의 성질을 두루 꿰뚫어 보고 그 안에서 도와 닮은 구석을 찾아냅니다. 물은 형체가 고정되어 있지 않기에 어느 용기에나 담기며 그 형체를 취합니다. 물은 높은 곳을 취하지 않고 다만 낮은 곳을 향해 흐릅니다. 물은 다들 높은 자리를 탐할 때 낮은 곳에서 겸허한 자세를 취하고, 순환하면서 땅을 기름지게 만들고 온갖 초목들의 뿌리를 적십니다. 물은 만물을 이롭게 하나 그 이롭게 함을 내세워 제 공을 자랑하지 않습니다. 그저 흐르다가 막히면 돌아서 나갑니다. 자연의 순리를 거스르지 않는 것입니다. 흙탕물도 가만히 놔두면 스스로 정화하고 맑아집니다. 물은 누구와도 다투지 않음으로 허물이 없습니다. 노자는 오랫동안 물의 덕성을 눈여겨보고, "상선약수(上善若水)", 즉 지극히 선한 것은 물과 같다고 했습니다. 이 경구는 『도덕경』에서 대중에게 가장 널리 알려진 것입니다. 무위 철학을 한 줄로 함축하는 것으로 이보다 더 좋은 걸 찾기는 어렵습니다. 노자의 도는 곧 물의 도입니다. 물은 가장 유약한 것이면서 가장 강한 것을 이기고, 오직 자연의 순리를 따르며 흘러갑니다. 물은 늘 무위에 따르며 억지로 함이 없습니다. 만물을 이롭게 하나 다투지 않는 것은 물밖에 없습니다. 다투지 않음은 도의 기본 형질입니다. 그러므로 물은 도에 가깝습니다.

도는 늘 이름이 없다

도상무명 道常無名

○   도는 늘 이름이 없다. 통나무처럼 비록 작다고는 하나 천
하가 감히 마음대로 할 수가 없다. 만약 군주가 이 도를
지킬 수만 있다면 만물이 스스로 따르게 될 것이다. 천지
가 서로 화합하여 단비를 내리고 백성들에게 명령을 내
리지 않아도 자연히 평등하게 다스려질 것이다. 이것저
것 분별하는 이름을 가진 제도가 생겨나면 이름을 가진
것의 한계를 알게 된다. 변하는 이름에 붙들려 있지 말고
변함없는 도에 머물러 있을 줄 알아야 한다. 그러면 위태
로울 것이 없다. 도 있는 사람이 천하를 다스리는 것은
산골짜기의 개울이 강이나 바다로 흘러 들어가는 것과
같다.   (32장)

　　도라지는 다년생 초본식물로 다 자라면 보라색과
흰색 꽃을 피웁니다. 주로 식용, 약용, 관상용으로 재배
합니다. 도라지는 감기, 거담, 고혈압, 골절, 기관지염,
늑막염, 담 따위에 두루 잘 들어서 달여서 약재로 쓰고,
뿌리는 껍질을 벗겨 데치거나 해서 나물무침으로 많이
먹습니다. 청도라지 꿈을 꾸다 벌떡 일어난 적이 있던가
요. 한밤중 누군가를 그리워하며 운 적이 있던가요. 나는
청도라지꽃 같은 이를 사랑했었는지도 모릅니다. 어떤
사랑은 희거나 보랏빛인 얼룩을 인생이라는 옷의 안감에

남깁니다. 도라지를 만나면 나는 잘못 살아왔는지도 모른다, 라는 회한에 가슴이 저릴 때가 있습니다. 곁에 있던 사람들이 떠나고 난 뒤 나 혼자 도라지 앞에서 고개를 떨구던 날들이 있었습니다.

　　노자는 "도상무명(道常無名)"이라고 합니다. 도는 이름이 없습니다. 아마도 이름 따위는 필요가 없을지도 모릅니다. 도는 손대지 않은 통나무와 같습니다. 도가 이름이 없듯이 통나무도 이름이 없습니다. 도는 다듬지 않은 통나무같이 투박하고 질박합니다. 통나무를 처음 보면 그 쓰임이 마땅치 않아 저걸 어디에 쓸까 고개를 갸우뚱할 것입니다. 하지만 그것은 통나무의 덕을 모르고 하는 소리입니다. 비록 그것이 아무리 작다고 하더라도 천하도 감히 마음대로 할 수가 없습니다. 통치자가 이러한 도를 따라 다스릴 수 있다면 만물은 장차 스스로 따를 것입니다. 통나무 같은 도로 나라를 다스리면 천지 기운이 조화를 이루어 단비를 내리고 백성에게 명령을 내리지 않아도 자연히 평등하게 다스려질 것입니다. 도라지 하나하나에는 이름이 없습니다. 도라지는 무리로 피어서 그 무리가 도라지로 불릴 뿐입니다. 노자는 "처음으로 만물이 생기면 이름을 갖는데, 이름이 있어서 만물 역시 있다"라고 했습니다. 도와 통나무가 그렇듯이 도라지 역시 이름이 없습니다. 도라지는 이름이 없어도 제가 싹을 낼 때와 꽃을 피울 때를 알아서 계절의 순환에 따라 싹을 내고 꽃을 피웁니다. 도라지는 자연의 순환과 이치를 어기는 법이 없이 저 혼자 꽃을 피웠다가 때가 되면 스스로 알아서 집니다. 이렇듯 미약하고 질박한 것들은 그 존재가 미미해도 천하가 억지로 다스릴 수가 없습니다. 도라지는 도라지로서 어느 한군데도 모자람 없이 온전합니다. 가을 아침 이웃집 텃밭을 지나다가 청초한 도라지꽃을 바라보고 아마도 도가 있다면 저 도라지와 같을 것이라는 데 생각이 뻗어갑니다.

오직 큰길을 따르도록 하겠다

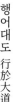

행어대도 行於大道

166

○ 가령 나에게 조그마한 지혜나마 허락된다면 큰길을 따르도록 하겠다. 오직 나쁜 길로 빠져들까 봐 두려울 따름이다. 큰길은 매우 평평한데, 사람들은 사잇길만 좋아한다. 조정은 잘 정리되었지만, 논밭은 극히 황폐하며, 창고는 텅텅 비었다. 수놓은 비단옷을 입고 날카로운 검을 차며 좋은 음식에도 물리고 재화는 남아돈다. 바로 도둑의 우두머리 같은 꼴이구나. 이것은 대도가 아니다.

(53장)

뭐 대단한 꿈이나 갈망이 있었던 건 아닙니다. 시골로 거처를 옮겨 책이나 읽으며 세속에서 얼마간 떨어져 고요하게 살고 싶었습니다. 국회의원을 뽑고, 대통령이 바뀌었다고 소득이 갑자기 늘거나 근심이 줄어들지는 않을 터입니다. 정치가 좋은 세상을 만든다는 가망 없는 기대를 접으니, 마음이 편해집니다. 우리는 1년 내내 해뜨기 전에 일어나야 하고, 여전히 눈 뜨면 지하철을 타고 일터로 나가야 합니다. 주말마다 포커를 하러 모이던 젊은 날의 벗들은 다 흩어졌습니다. 어제는 생명보험을 해지하고 오늘은 피트니스 센터에 가서 새로 등록을 했습니다. 내 생명 관리는 온전히 내 몫입니다. 비록 고라니나 펭귄의 식량을 축내더라도 소박하게 먹고 소박하게 살아야 된다고 생각했습니다. 소규모 인생 계획 속에서 우리는 각자의 고독을 안고 저녁을 맞습니다. 살림이 간출해졌다고 외로워할 것까지는 없습니다.

　노자는 여러 번에 걸쳐서 대도에 대하여 말합니다. 대도는 무위의 길입니다. 노자는 "의양만물이불위주(衣養萬物而不爲主)"(『노자』, 34장)라고 말합니다. 대도는 만물을 입혀주고 길러주지만 주인 노릇을 하지 않는다는 뜻입니다. 지금껏 배운 바에 따르면, 대도를 따르는 것은 무욕하고 소박한 삶의 자세를 흐트러뜨리지 않고 꿋꿋하게 지키는 것입니다. 그런 사람은 삿된 유혹에 흔들림이 없습니다. 어리석은 사람은 얕은 지혜로 살길을 찾고자 하면 그 길이 죽음으로 이어지는 걸 도무지 모릅니다. 샛길은 얕은꾀로 찾아낸 지름길입니다. 그런 샛길에서는 편법, 술책, 사바사바, 아부, 너스레, 눈 감고 아웅하는 것 따위가 성행합니다. 정치가 부패하면 사회 전 부면에서 샛길이 더 번성합니다. 다들 대도를 버리고 샛길을 찾는 것은 그게 제 잇속을 챙겨 번창할 수 있다고 믿기 때문입니다. 부패 정치는 고비용 저효율 정치, 제 잇속 챙기기에 부지런한 정치입니다. 정치가 부패하면 사회는 위에서 아래까지 다 썩어서 악취가 진동합니다. 노자는 "조심제(朝甚除)"라고 말합니다. 조정은 화려하고

정갈한 듯 보입니다. 조정이 이렇듯 겉을 꾸미는 것에 열중하고, 백성의 안위 따위는 무심하니, 이것은 타락의 징표입니다. 그 결과로 "전심무 창심허(田甚蕪 倉甚虛), 즉 논밭은 황폐하며, 백성은 헐벗고, 창고는 텅텅 비었습니다. 세상에 도가 없으면 먼저 정치가 부패합니다. 정치가 부패해서 도덕적 해이가 널리 퍼지고, 도둑이 들끓는 나라의 꼴이 이와 같습니다. 지름길이라고 믿었던 길은 망하는 길입니다. 사회가 청렴하고 부패에서 멀어질수록 그런 지름길을 찾는 사람이 사라집니다. 지금 세상은 대도보다 얕은꾀를 써서 샛길을 가는 사람이 많은 듯 보이니 그저 안타까울 뿐입니다.

배를 채울 뿐 겉치레는 하지 않는다

위복불위목 爲腹不爲目

○　오색으로 찬란한 빛은 눈을 멀게 하고, 오음으로 아름다
운 소리는 귀를 먹게 하고, 오미로 황홀한 맛은 입맛을
버린다. 말 타고 짐승을 사냥하는 일은 마음을 미치게 하
고, 얻기 어려운 재화는 행실을 나쁘게 만든다. 그런 까
닭에 성인은 배를 채울 뿐 겉치레를 하지 않는다. 그러므
로 저것을 버리고 이것을 취한다고 한다.　　　　（12장）

　　여름 땡볕을 견뎌냈으니, 호박넝쿨은 무성하고 호
박은 잘 자랐습니다. 옥수숫대도 쑥쑥 자라고, 줄기에 매
달린 옥수수도 제법 실팍해졌습니다. 해바라기 꽃판에는
까맣게 여문 씨들이 촘촘하게 박혔습니다. 해바라기는
여문 씨앗을 가득 품은 꽃판의 무게를 이기지 못해 고개
를 숙였습니다. 가을의 볕은 온화하지만 곡식을 익히고,
과목의 가지마다 열린 열매들에 단맛을 배게 하는 데 부
족함이 없습니다. 가을의 아쉬움은 너무 빨리 지나간다
는 것입니다. 들판에 늦서리가 내리고, 북풍은 첫얼음을
데리고 옵니다. 겨울이 서리를 잔뜩 묻힌 호랑이인 듯 다
가오면 이제 춥고 시린 계절의 시작입니다. 달빛조차도
살을 에듯 희고 찹니다. 그 달빛 이불 덮고 잠든 벌레 한
마리! 먹다 남긴 나뭇잎 반장은 내일의 식량입니다. 위장
을 채워야 생명을 잇는 것은 다 애잔한 것. 벌레건 사람

이건 가냘프고 약해서 애틋하고 애처롭습니다. 오늘 살았다고 내일의 생명이 보장되는 것은 아닙니다. 내일의 생명을 위해서는 내일의 식량이 필요합니다. 이것이 생명이 품은 진실입니다.

노자는 말합니다. "오색령인목맹(五色令人目盲)", 다섯 가지 좋은 빛깔은 눈을 멀게 하고 "오음령인이롱(五音令人耳聾)", 다섯 가지 음으로 이루어진 아름다운 소리는 귀를 먹게 하며 "오미령인구상(五味令人口爽)", 다섯 가지의 감칠맛은 입맛을 버려놓습니다. 여기서 오색은 청·적·황·흑·백인데, 이것은 반드시 다섯 가지의 색깔만을 뜻하지 않습니다. 그보다는 색의 다채로움을 말하는 것에 더 가깝습니다. 오음은 궁·상·각·치·우를 말합니다. 오미는 신맛·쓴맛·단맛·매운맛·짠맛입니다. 오색, 오음, 오미는 사람의 말초 감각을 즐겁게 합니다. 이것들로 말미암아 기분이 나아지고, 감정이 화사해지는 것을 부정할 수는 없습니다만 여기에 빠지면 마음은 미칩니다. 오색에 빠지면 눈이 멀고, 오음에 빠지면 귀가 먹고, 오미에 취하면 편식에 빠집니다. 오색, 오음, 오미를 좇는 길은 감각적 쾌락에 취해 질탕함으로 제 삶을 망치기 쉽습니다. 오색, 오음, 오미에 미치는 것은 중독 현상입니다. 부족함 없이 풍족해 보이지만 이것의 함정은 사람을 나태에 빠트린다는 점입니다. 나태는 존재의 타락이고, 질병입니다. 노자가 권면하는 소박한 삶과는 거리가 멉니다. 『여씨춘추』에서는 이렇게 말합니다. "성인은 소리와 색깔과 맛에서 본성에 이로운 것은 취하고 본성에 해로운 것은 버린다." 차라리 부족한 듯 사는 게 더 낫습니다. 노자는 "위복불위목 고거피취차(爲腹不爲目 故去彼取此)라고 말합니다. 즉 배를 채울 뿐 겉치레에 빠지지 말라는 뜻입니다. 음식을 취해 배를 채우는 것은 실속을 중시하는 태도입니다. 겉치레는 생물학적 필요 이상의 것을 갈망하는 것입니다. 필경 넘치는 것은 마음을 어지럽게 하고, 과잉은 낭비를 초래합니다. 겉치레에 열중하는 것은 실속보다 겉으로 나타나는 화려함을 과시하는 태도입니다. 이런 사람은 대개 속이 허한 사람들입니다.

살얼음 낀 겨울의 내를 건너듯 하라

약동섭천　若冬涉川

○ 옛날에 도를 잘 행했던 자는 미묘하고 깊게 통달하여 꿰뚫어 알고 있으니, 그 경지가 깊어 헤아릴 길 없다. 오직 알 수 없으니 억지로 그것을 형용하자면 다음과 같다. 머뭇거림을 겨울에 살얼음 낀 내를 건너듯 하고, 망설이기를 마치 사방의 두려운 적을 대하듯이 하고, 엄숙하기를 마치 손님인 듯하고, 풀어지기를 마치 봄에 얼음이 녹은 듯이 하고, 두텁기를 마치 통나무같이 하고, 트여 있기를 마치 계곡같이 하고, 섞여 있기를 마치 흙탕물이 혼탁하듯이 하라. 누가 흐린 것을 고요히 함으로써 서서히 맑게 할 수 있을까? 누가 오래 편히 있는 것을 움직여 서서히 태어나게 할 수 있을까? 도를 간직한 자라야 할 것이나 욕심을 채우지 않아야 한다. 오직 욕심을 채우지 않으니, 낡지 않고 새롭게 이룬다. (15장)

늘푸른 소나무 숲이 공손하게 받드는 겨울 하늘은 쾌청! 하늘은 쨍하고 조금만 건드려도 금갈 듯 맑습니다. 거기 까마귀 두 점 떴습니다. 저 푸르고 맑은 겨울 하늘에 까마귀 떴으니 그게 '오(烏)'점 아니고 무엇인가요! 저 깊은 하늘의 푸름이 주는 영감은 우리에게 높이 날고 까마득히 솟구칠 무대가 있다는 것입니다. 하늘은 텅 비어 있습니다. 태초의 허를 품은 그 하늘에는 수억 개의 별이 뜨고, 어둠이 걷히고 해가 높이 떠서 누리에 빛을 뿌립니다. "하늘과 우주가 온통 나의 조상들로 가득 차 있다./나는 어디로 숨어버릴 수 있단 말인가? 지옥의 밤 속으로 달아나버릴까./그런데 내가 무슨 말을 하고 있지? 거기 지옥에는 나의 아버지가 나의 운명을 좌우하는 항아리를 들고 기다리고 있는데."[17] 하늘은 아득하고 멀고 깊은데, 거기 무수한 혼령들, 온통 우리의 조상들로 가득 차 있습니다. 하늘의 공포는 그 알 수 없음, 그 수수께끼 같은 신비에서 비롯합니다. 사람은 그런 하늘을 머리에 이고 삽니다. 현실의 남루함 따위는 늠름하게 버텨낼 수 있습니다. 하늘은 쾌청, 현실은 아직 꿈을 품고 살아볼 만합니다.

도를 체득한 사람은 그 경지가 미묘하고 통달의 깊이를 감히 알 수 없다고 말합니다. 노자는 알 수 없는 것을 굳이 형용하기 위하여 아홉 가지의 비유를 드는 대목에서 "예혜약동섭천 유혜약외사린(豫兮若冬涉川, 猶兮若畏四隣)"이라고 말합니다. 머뭇거림을 겨울에 살얼음 낀 내를 건너듯 하고, 망설이기를 마치 사방의 두려운 적을

---

17   라신(J. Racine, 1639~1699)의 비극 『페드르』의 구절. (여기서는 에마뉘엘 레비나스, 『존재에서 존재자로』, 103쪽에서 재인용.)

대하듯이 한다는 뜻입니다. 매사를 조심하며 신중함에 처하는 자의 깊은 속내와 미묘함을 드러내는 대목입니다. 고대 중국에는 "마치 겨울에 강을 건너는 듯하다"라는 표현이 널리 쓰였나 봅니다. 겨울에 살얼음 낀 내를 건너는 사람은 얼마나 망설이고 조심스러울까요! 머뭇거림과 망설임과 엄숙함은 삶의 신중함과 이어져 있습니다. 그중에서 머뭇거림과 망설임은 조심스러운 태도를 드러냅니다. 원만한 인격을 가진 사람이라면 예를 갖추어 삼가고 경거망동을 피합니다. 하물며 그 경지가 미묘하고 통달의 깊이를 감히 알 수 없는 사람이라면 어떨까요? 도를 터득한 사람은 질박하고 두터운 통나무와 같은데, 대체로 이런 사람은 모나지 않으며 스스로 옳다 주장하지 않습니다. 그는 고요한 인격을 가졌습니다. 이때 고요는 무위의 깊이와 자기를 돌아보고 살피는 엄격함의 삼엄함이 뿜어내는 아우라입니다. 필경 고대 중국의 지역사회에서도 존경을 받을 만한 태도였을 터입니다. 평범한 사람이 도를 깨닫고 행하는 사람과 똑같이 할 수는 없습니다. 그들의 경지는 미묘하고 통달의 깊이는 헤아릴 수 없을 만큼 아득합니다. 우리는 다만 그들을 표본 삼아 그들의 말과 태도를 마음에 새기고 따르는 데 열심을 낼 수가 있을 터입니다.

하늘은 항상 선한 사람 편이다

상여선인 常與善人

178

○ 　큰 원한을 누그러뜨려도 반드시 앙금이 남으니 어찌 좋
　다고 할 수 있겠는가. 성인은 빚 문서를 쥐고 있어도 다
　른 사람에게 빚 독촉을 하지 않는다. 덕이 있다면 빚은
　저절로 갚아지고, 덕이 없다면 빚을 억지로 받아 낸다.
　하늘의 도에는 사사로움이 없고, 언제나 선한 사람 편에
　선다. 　　　　　　　　　　　　　　　　　　　　（79장）

　　슬픈 터널 같은 겨울을 통과하자 봄이 난만합니다.
뒤뜰 앵두나무는 흰 꽃을 피우고, 복숭아나무와 살구나
무는 분홍 꽃을 피웠습니다. 저물 때쯤 무논에서 개구리
떼 합창이 요란스럽습니다. 한 시인은 "개구리는 베이스
톤으로 운다"라고 표현합니다. 벌들은 잉잉대며 벌통으
로 꿀을 나르느라 바쁩니다. 밤하늘엔 별들이 찬란하게
반짝이고, 깊은 강물은 고요하게 웃습니다. 미래의 기쁨
을 빌려다 오늘을 사는 당신은 꽃 핀 뒤뜰의 여왕입니다.
당신은 아직 태어나지 않은 아기들을 키우는 만물의 어
미입니다. 아, 당신 마음이 무릉도원이 아니라면 도대체
어디가 무릉도원일까요? 개구리 떼가 합창하는 봄밤에
혼자 깨어서, 덕이란 무엇일까를 생각합니다.
　　노자는 "화대원 필유여원(和大怨 必有餘怨)"이라
고 말합니다. 큰 원한을 누그러뜨려도 반드시 앙금이 남

는다는 뜻입니다. 살면서 원망을 살 일을 만들지 않는 게 가장 좋습니다. 그래야만 흠이 없이 원만하고, 두루 원만해야 세상이 어지러울 때 생명을 보존할 수가 있습니다. 그러기 위해서는 평소에 덕을 두텁게 쌓아야 합니다. 덕은 오늘날의 말로 풀이하면, 양심이고 교양이며, 인격의 두터움입니다. 덕은 내적인 마음 상태에 응고되어 있는게 아니라 생활에서 움직이는 마음의 윤리이고 계율입니다. 덕은 부드러우며 유연한데, 이것은 사람을 대하는 태도에서 드러납니다. 덕과 지식의 많고 적음은 상관이 없습니다. 지식이 많아도 덕이 없는 사람이 있고, 일자무식이어도 덕이 큰 사람이 있습니다. 덕이 있는 사람과 없는 사람이 채무자를 대하는 태도는 다릅니다. 덕이 있는 사람은 빚을 갚으라고 재촉하지 않습니다. 덕이 없는 사람은 빚을 억지로라도 받아 냅니다. 덕이 있다는 것은 정도를 취하고 따른다는 뜻입니다. 그런 사람이 제 잇속을 챙기려고 앙앙불락하지 않을 터입니다. 덕이 없는 사람은 남의 사정을 헤아리지 않고, 제 뜻을 기어코 관철시키려 듭니다. 채무자를 괴롭히며 채근할 게 불 보듯 뻔합니다. 그러면 남에게 원망의 말을 듣게 되고, 원한을 사게 됩니다. 누가 하늘의 도를 따르는 사람인가요? 덕이 있다면 하늘의 도를 따른다고 할 수 있습니다. 하늘은 이웃에게 두루 덕을 베푸는 사람의 편입니다.

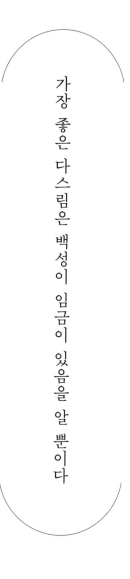

가장 좋은 다스림은 백성이 임금이 있음을 알 뿐이다

태상하지유지 太上下知有之

182

○　가장 훌륭한 군주는 백성이 다만 임금이 있음을 알 뿐이
게 한다. 백성이 임금의 어짐을 알고 칭송하는 것은 그
다음이다. 백성이 두려워하는 정치는 그 아래다. 백성이
업신여기는 군주가 가장 낮다. 군주에게 말과 행동이 일
치하는 진실함이 없으면 백성의 믿음을 얻지 못한다. 가
장 훌륭한 군주는 무위의 정치를 함으로 공을 백성에게
자랑하지 아니하고 저절로 그렇게 되었다고 말한다.

(17장)

　폭설을 얹은 채 그 무게를 감당하느라 가지가 휜 소
나무, 벼랑 아래로 낙하하던 물은 꽝꽝 얼어붙었습니다.
북풍한설에 물이 얼어붙자 물소리 그치고 세상천지는 적
막합니다. 먹잇감 없는 겨울철은 고라니며 너구리며 들
쥐며 다람쥐 따위 산짐승 식구에게도 고난의 행군이 펼
쳐집니다. 그래도 먹고 살아야 하니 눈 속을 부지런히 파
헤치며 먹이를 구합니다. 눈 덮인 겨울 산천은 찬 기운을
품은 채 고요하고 스산한데, 그 풍경 어딘가에는 느슨한
마음을 바로 세우게 하는 매운 정신의 결기가 맺혀 있습
니다.

　노자는 이상적 정치 형태로 무위의 정치를 꼽습니
다. 노자는 "태상하지유지(太上下知有之)"라고 말합니

183

다. 가장 훌륭한 군주는 백성이 다만 임금이 있음을 알게 할 뿐입니다. 과연 다스림이 없는 다스림, 정치가 없는 정치가 가능할까요? 대부분 정치가들이 백성의 사랑과 존경을 받기 원합니다. 그 목적을 이루기 위해 부지런히 법령을 세우고 엄격한 규율로써 나라의 질서를 바로잡으려고 듭니다. 노자에 따르면 법치를 펴는 다스림은 낮은 단계의 정치입니다. 최상의 정치 형태는 힘으로 누르고 지배하며 법치를 펼치는 정치가 아닙니다. 이상적 정치는 다스림이 없는 다스림, 즉 자연 같은 다스림, 바로 무위의 정치입니다. 자연은 꽃을 피우기 위해 일부러 힘을 쓰지 않습니다. 봄의 훈풍이 불면 식물들은 저마다 꽃을 피웁니다. 자연은 그대로 두어도 계절의 순환이 멈추는 법이 없습니다. 훌륭한 통치자의 다스림은 자연이 그렇듯이 일부러 애를 쓰지 않아도 저절로 그렇게 되듯이 돌아가야 합니다. 노자는 이상적 통치를 무위에서 찾았고, 가장 나쁜 정치는 철권 정치, 공포 정치라고 합니다. 법의 강제에 백성을 묶어두는 다스림은 무위를 거스르는 것입니다. 하지 않음을 부지런히 행하는 것, 조그마한 삶, 소박한 삶을 보듬고 지켜주는 게 무위의 정치라면 무위라는 덕목을 잃은 통치자는 가장 나쁜 정치를 펼 가능성이 커집니다. 가식과 거짓이 판을 치는 정치, 부패와 술수가 지배하는 정치는 필경 정치 혐오를 낳습니다. 흔히 정치 혐오를 낳는 통치자일수록 자기가 공을 내세워 자랑합니다. 자기 공을 내세우는 통치자는 가장 허접합니다. 그런 통치자는 백성의 자발적 감응을 얻지 못하고, 결국 신뢰를 얻지 못한 채로 버림받습니다. 무위의 정치는 백성이 임금의 어짊을 알고 칭송하는 정치가 아니라 백성이 다만 임금이 있음을 알 뿐인 정치, 덕의 두터움을 바탕으로 하는 정치입니다. 그것이 "무위지치(無爲之治)", 즉 다스림이 없는 다스림입니다. 무위의 정치를 펼쳐야 백성의 탐욕과 이기주의가 줄어듭니다. 그러므로 가장 이상적인 정치란 애써 무엇을 이루고자 하지 않는 정치, 봄날의 훈풍 같은 다스림을 펼치는 정치일 것입니다.

크게 곧은 것은 굽은 듯하다

대직약굴 大直若屈

186

○ 참으로 완전무결한 것은 어딘가 결함이 있는 것처럼 보이나 써보면 전혀 결함이 없다. 참으로 가득 차 있는 것은 언뜻 비어 있는 듯 보이나 쓰고 또 써도 부족함이 없다. 크게 곧은 것은 굽은 듯하고, 큰 기교는 졸렬한 듯 보이며, 크게 훌륭한 말솜씨는 더듬는 듯 어수룩하다. 분주하게 움직이면 추위를 이길 수 있고, 고요히 있으면 더위가 물러가게 된다. 그러므로 맑고 고요하면 천하의 기준이 된다. (45장)

여름을 사랑하는 것은 이 계절이 복숭아를 내놓기 때문입니다. 복숭아를 한입 크게 베어 물면 입안 가득 달콤한 즙이 넘치는데, 이때만큼 더 행복한 일은 없습니다. 복숭아 중에서도 수분이 많고 과육이 부드러운 황도를 좋아합니다. 복숭아는 여름의 보람이고 기쁨으로 삼을 만한 과일입니다. 수밀도라면 앉은 자리에서 다섯 개쯤을 거뜬히 먹을 수 있습니다. 잘 익은 복숭아는 붉은빛을 품은 연한 분홍색인데, 무른 과육이라 손가락으로 꾹 누르면 움푹 패고 쉽게 갈변합니다. 어떤 복숭아는 끝내 익지 못해 파란색입니다. 복숭아가 떫은맛인 것은 햇볕을 덜 품었기 때문입니다. 그 모자람 때문에 미숙한 열매로 떨어져 뒹구는데, 이는 실패의 증거입니다. 실패는 덕이 어긋난 탓입니다. 복숭아를 억지로 익게 할 수는 없습니다. 복숭아는 한여름 뜨거운 햇빛을 끌어당겨 품고 제 안의 미숙과 그늘을 스스로 걷어내며 익어야 합니다. 우리 중 누군가는 그늘의 맛을 품은 채 살기도 하는 것입니다.

노자는 "대성약결 기용불폐(大成若缺 其用不弊)"라고 말합니다. 완전무결한 것은 결함이 있는 듯 보입니다. 크게 이루어진 것은 모자란 듯하지만 그 쓰임은 다함이 없습니다. 크게 채워진 것은 빈 듯하고, 큰 곧음은 조금 구부러진 듯하며, 큰 재주는 조금 졸렬한 듯 보입니다. 이 장을 처음 읽었을 때 "대직약굴(大直若屈)", "대교약졸(大巧若拙)", "대변약눌(大辯若訥)" 따위 상반된 것들의 동시성을 펼쳐내는 수사학에 감탄했습니다. 매우 곧은 것과 굽은 것은 하나이고, 큰 재주와 서투른 것은 하나이며, 뛰어난 달변과 어눌한 말은 하나입니다. 모자란 것이 완전하고, 미숙한 것이 원만한 것입니다. 노자는 양가성을 하나로 품는 이중긍정의 양태에서 도의 원융함을 직시했습니다. 무언가 내 안의 단단한 신념이 깨지는 소리가 들렸습니다. 물론 환청이었을 것입니다. 비움으로써 채우고, 버림으로써 얻는다는 홀연한 깨달음은 어느 새벽에 들은 한 소식입니다. 흰 눈이 소리 없이 내리던 겨울 새벽이었습니다. "대교약졸"은 인생의 지침 중 하나가 되었습니다. 큰 재주만을 능사로 삼는 문화는 하급입니다. '약졸'의 가치를 크고 높이 평가하는 문화가 고급입니다. 노자는 상호 대립하며 짝을 이루는 대칭인 개념들, 즉 직(直)/굴(屈), 교(巧)/졸(拙), 변(辯)/눌(訥)을 동급으로 견주고 아우르며 무위의 철학을 풀어냅니다. 노자 철학의 뼈대를 이루는 반어와 역설의 수사학이 빛나는 장입니다. 마음을 비워야 맑고 고요해지고, 마음을 완전히 비우면 무심으로 바뀝니다. 이것이 노자가 펼치는 고요의 동학이 품은 본체입니다.

길을 잘 가면 자취가 남지 않는다

선행무철적 善行無轍迹

○　잘 가는 사람은 지나간 자취를 남기지 않고 말을 잘하는 사람은 말에 흠이 없으며 셈을 잘하는 사람은 산가지를 쓰지 않는다. 문을 잘 닫는 사람은 빗장이나 자물쇠를 걸지 않아도 열리지 않고 잘 묶는 사람은 새끼나 밧줄을 쓰지 않아도 풀어지지 않는다. 이 때문에 성인은 사람을 구하여 잘 살리며 사람을 버리는 일이 없고 항상 물건을 잘 간수해 쓰되 물건을 버리는 일이 없다. 이것을 밝은 지혜를 몸에 지니고 있다고 한다. 착한 사람은 착하지 않은 사람의 스승이 되고, 착하지 않은 사람은 착한 사람의 반성에 도움이 된다. 스승을 귀히 여기지 않고 내 몸을 귀히 여기지 않으면 지혜로운 사람이라도 알 바를 전혀 모르게 된다. 이것을 요묘(要妙)라고 한다.　　　　(27장)

고대 그리스의 철학자들은 대개 슬기로운 사람들로 알려졌습니다. 데모크리토스는 기원전 5세기 고대 그리스 북동쪽에 위치한 압달라에서 살았던 철학자입니다. 그는 백과사전같이 아는 게 많아서 사람들의 존경을 받았습니다. 나이 아흔 살에 이르렀을 때 그는 온종일 웃음을 그치지 않는 이상한 병에 걸렸습니다. 날마다 항구에 나와 부둣가 노동자를 바라보며 웃어댔습니다. 사람들은 그가 노망에 들었다고 수군거렸습니다. 유명한 의사인

히포크라테스가 그를 진찰한 뒤 이 늙은 철학자가 미친 것도, 병에 든 것도 아니라고 말했습니다. 그가 발작적으로 웃어댄 것은 이웃들의 어리석음과 부조리한 상업 활동에 대한 경멸이었던 것입니다.

비유의 달인이고, 수사학의 천재였던 노자를 읽을 때마다 사물의 정곡을 찌르는 그 비유와 수사학의 절묘함에 감탄하곤 했습니다. 노자는 상도(常道)/비상도(非常道), 무욕(無欲)/유욕(有欲), 무명(無名)/유명(有名) 따위 상반되는 것, 대상의 다름과 차이를 하나로 아우르면서 양가적인 것의 동시성을 밝혀내는 솜씨가 매우 뛰어납니다. 노자는 "선행무철적(善行無轍迹)"이라고 말합니다. 철적(轍迹)은 수레바퀴 자국과 말 발자국을 가리킵니다. 길을 잘 가면 그런 흔적을 남기지 않습니다. 그것은 지극한 경지에 닿은 것이므로 흠이 없습니다. 이 표현은 본디 군사의 행군에서 떠올린 것입니다. 수레바퀴 흔적과 말 발자국은 군사의 이동을 짐작게 하는 증거입니다. 군사가 이동한 자취는 적에게 제 위치를 들킬 수 있는 단서가 됩니다. 뛰어난 전략가는 군사를 소리 없이 움직이고, 자취를 남기지 않고 이동합니다. 그 용의주도함은 말 잘하는 사람에게 흠잡을 게 없고, 셈 잘하는 사람이 수리에 통달하여 산가지를 쓰지 않고 셈하는 것과 같습니다. 길을 가면서 흔적을 남기는 일이나, 빗장이나 자물쇠를 써서 문을 잠그고, 새끼나 밧줄로 사람을 묶는 것은 도를 따르지 않고 억지로 하는 것입니다. 억지로 함에는 인위적인 자취가 남습니다. 자취가 필요없는데 자취를 남기는 것은 낭비에 지나지 않습니다. 흠 없고 깔끔한 일 처리는 곧 자연의 도를 따른 결과입니다. 노자는 이것을 "요묘(要妙)"라고 하는데, 이는 "오묘한 요체"의 줄인 말입니다. 자연의 도를 따르는 사람의 슬기, 혹은 도에 이르는 심오한 이치를 말합니다.

멈출 줄 알아야 욕됨이 없다

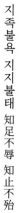

지족불욕 지지불태 知足不辱 知止不殆

○　명예와 생명 중 어느 것이 더 절실한가? 목숨과 재물 중 어느 것이 더 소중한가? 얻음과 잃음 중 어느 것이 더 괴로운가? 지나치게 아껴 집착을 하면 반드시 크게 소모되고 너무 많은 재물을 쌓으면 결국은 크게 잃는다. 만족할 줄 알아야 욕됨이 없고, 그칠 줄 알아야 위태롭지 않으니 이렇게 해야만 오래도록 자신을 보존할 수 있다. (44장)

　　먼 곳을 볼 때 나는 곧 먼 곳을 향한 그리움이자 동경이고 먼 곳에 포개진 몸 그 자체입니다. 나는 가까운 곳이나 먼 곳을 바라보는 시선입니다. 나는 바라봄과 바라보임 사이에 존재하는데, 그럼으로써 나는 불꽃-시선입니다. 무언가를 본다는 행위는 바라봄으로 그 대상과 하나되는 일입니다. 나는 봅니다. 풍경과 사물을, 지나온 거리와 머물렀던 장소를, 나를 매혹한 당신의 얼굴을, 책의 어떤 면들을! 내 눈은 아름다움에 홀린 눈, 시간과 장소를 발명하는 눈, 끝내 볼 수 없는 것을 보는 눈! 보는 것만으로도 눈은 대상을 삼킵니다. 시선에 삼켜진 것은 불꽃으로 바뀝니다. 무언가를 본다는 것은 그 대상과 더불어 내 살아 있음의 증거가 될 터입니다. 만일 내가 죽는다면 내 시선도 죽습니다. 죽는다는 것은 더는 아무것도 볼 수가 없게 된다는 의미입니다.

195

명예나 재물에 대한 집착은 둘 다 이롭지 않습니다. 그 집착을 그치고 끊을 필요가 있습니다. 노자는 "지족불욕 지지불태(知足不辱 知止不殆)"라고 말합니다. 족함을 알아야 욕됨이 없고, 멈출 줄 알아야 위태롭지 않다는 뜻입니다. 이는 흔히 어른들이 아이들에게 이르는 범속한 일반론에 속합니다. 옛 현자는 이 장을 이렇게 풀었습니다. "살아서 창고에 많이 간직하고 죽어서 무덤에 많이 간직하면, 살아서는 도둑이 쳐들어올까 염려하고 죽어서는 도굴될까 근심한다." 고대 중국에서는 부자가 죽으면 재물 일부를 무덤의 부장품으로 함께 묻는 풍습이 있었나 봅니다. 그 값비싼 부장품은 필경 도굴꾼의 표적이 되었을 것입니다. 살아서는 재물을 도둑맞을까 걱정하고, 죽어서는 무덤이 도굴꾼에게 파헤쳐질까 염려했습니다. 살아보니, 어렴풋하게 알겠습니다. 명예와 몸, 몸과 재물, 잃음과 얻음, 그 어느 것도 더 이롭고 더 아름답지 않습니다. 그것은 똑같은 질량을 가졌습니다. 문제는 우리 안에서 일렁이는 욕심입니다. 명예든, 재물이든, 제 분수보다 더 크고 이로운 것을 바라고, 더 많이 쌓아두려고 하는 게 욕심입니다. 그 욕심을 그칠 줄 아는 게 지혜입니다. 적당히 만족하고 삼갈 줄 알면 욕됨이 없고, 재물을 크게 쌓지 않으면 많이 잃는 법도 없을 터입니다.

196

재물은 많아도 걱정이고 없어도 근심입니다. 욕심을 줄이고 가진 것에 만족하며, 멈출 줄 아는 게 중요한 까닭은 곧 오래가기 위함입니다. 원문에 나오는 "가이장구(可以長久)"라는 말은 길고 오래간다는 뜻이니, 이것은 생존의 지속을 말하는 것이고, 편안함을 이어 갈 수 있다는 뜻입니다. 이익을 탐하는 데 만족할 줄을 모른다면 거기서 화가 시작하고, 위험에 처하게 되며, 나중에 큰 낭패를 당합니다. 노자는 재물이나 명예보다 몸─생명이 더 중요하다고 여겼습니다. 몸-생명을 잃은 뒤 재물이나 명예는 아무짝에도 쓸모가 없습니다. 그러니 몸─생명을 성히 보존하려면 욕심을 그치고 자족하라고 이른 것입니다.

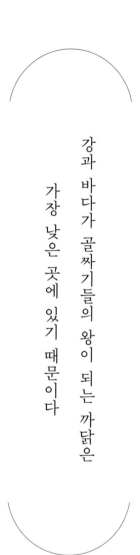

강과 바다가 골짜기들의 왕이 되는 까닭은
가장 낮은 곳에 있기 때문이다

강해소이능위백곡왕자 이기선하지 江海所以能爲百谷王者 以其善下之

○　강과 바다가 골짜기들의 왕이 될 수 있는 까닭은 가장 낮은 곳에 있기 때문이다. 그래서 골짜기의 왕이 되는 것이다. 그러므로 백성 위에 있기를 바란다면 반드시 겸손한 말로 자신을 낮추고 백성의 앞에 서고자 한다면 반드시 몸을 남의 뒤에 두어야 한다. 그러므로 성인은 위에 있어도 백성들이 짐스러워하지 않고 앞에 있어도 방해된다고 여기지 않는 것이다. 세상 사람들이 그를 받들면서도 싫어하지 않는 것이다. 다투지 않기 때문에 천하가 그와 다툴 수가 없다. 　　　　　　　　　　　　　　（66장）

　눈보라 치고 얼음이 얼던 혹한의 계절이 끝날 때면 산골짜기에서 얼음 녹은 물이 저수지로 흘러드는 하천에서 호오이 호오이 하고 산개구리들이 울었습니다. 나는 환청인 듯 산개구리들의 울음소리를 들었습니다. 밤마다 그 울음소리에 귀 기울이며 노자를 끼고 읽었습니다. 일찍 동면에서 깨어난 산개구리들이 하천에 떼 지어 나타나 울곤 했는데, 어쩌자고 산개구리들은 그렇게 하염없이 새소리를 흉내내며 울었던가요. 골짜기는 골짜기로 홀연하고, 혼자 사는 나는 한사코 먼 데를 그리워하다가 이마가 차가와지곤 했습니다. 먼 데는 이곳이 아니라 저곳이고, 지금-여기가 아니라 지금-여기와 끊어진 먼

199

미래입니다. 나는 항상 미래의 일을 앞당겨 근심에 빠지곤 했습니다. 현재라는 피난처에서 내가 하루의 양식으로 삼은 근심들은 미래의 내가 겪을 작은 불행의 전조입니다. 그것은 나타나지 않은 미래의 일이었으나 나는 그것을 늘 현재의 의례로 겪곤 했습니다.

겸손함은 자신을 낮추고 남을 드높이는 일입니다. 자신을 낮추면 도리어 남이 나를 높여줍니다. 나는 겸손하지 않았습니다. 나는 아직 젊었고, 여러모로 미숙한 인격이었습니다. 하지만 의욕은 세상을 집어삼킬 듯 넘쳤던 탓에 겸손을 알 만큼 덕이 두텁지 못했습니다. 덕이 두텁지 못했으므로 발을 헛디뎌도 헛디딤에 대한 인식이 없었고, 실패를 겪고도 실패에 대한 각성이 없었습니다. 젊음을 다 쓰고 세월이 흐른 뒤 그 진실을 깨달았습니다. 아마 더 일찍 노자를 만났더라면 달라졌을지도 모릅니다. 마흔 넘어 "모든 골짜기의 물들이 강과 바다로 흘러드는 것은 강과 바다가 낮은 곳에 있기 때문이다"라는 노자를 만날 수 있었습니다. 강과 바다는 골짜기들의 왕이 될 수 있습니다. 강과 바다가 그렇듯이 겸손해져야만 자신을 기꺼이 아래에 둡니다. 아래에 처신하는 것은 언제나 해롭지 않습니다. 아래에 처하는 것이 덕이기 때문입니다. 고대 중국 속담에 "짐승은 그물을 싫어하고,

사람은 자기 위에 있는 사람을 싫어한다"라는 말이 있습니다. 누구든 자기 위에서 군림하는 사람을 좋아하기는 힘들 터입니다. 그런 까닭에 노자는 백성 위에 있기를 바라거나 백성의 앞에서 서고자 하는 사람에게 "필이언하지(必以言下之)"하라고 조언합니다. 겸손한 말로 자신을 낮추어야 합니다. 그리고 "필이신후지(必以身後之)", 즉 반드시 몸을 남의 뒤에 두어야 합니다. 그래야 자신을 낮추지 않고 남 위에 서려고 할 때 낭패나 곤경을 피할 수 있습니다. 강과 바다가 골짜기의 왕이 될 수 있는 것은 스스로를 낮추기 때문임을 기억하겠습니다. 이 낮춤은 덕을 두텁게 한 데서 비롯되는 결과입니다. 왕이 되고자 하는 사람의 처신도 이와 같아야 합니다. 스스로를 낮추고 백성의 아래에 있을 줄 알아야 합니다.

나라가 작고 국민은 적어야 한다

소국과민 小國寡民

○ 　작은 나라에 적은 백성이 살아 많은 도구가 있더라도 쓸 일이 없게 하고, 백성이 죽음을 중히 여겨 먼 곳으로 떠나는 일이 없도록 하면 배와 수레가 있어도 타는 일이 없을 것이고 갑옷과 무기가 있어도 그것을 쓸 일이 없을 것이다. 사람들에게 새끼줄을 묶어서 약속의 표시로 사용하게 하고 음식을 달게 여겨 먹게 하고, 의복을 아름답게 여겨 입게 하고 사는 곳을 안식처로 여기게 하고, 그 풍속을 즐기게 하면 바로 앞에 이웃나라가 있고 닭과 개의 소리 서로 들리는 곳에 있을지라도 늙어 죽을 때까지 서로 왕래하는 일이 없을 것이다. 　　　　　　　　〔80장〕

　거울을 통해 얼굴을 바라봅니다. 그 얼굴에 나타난 세월의 흔적과 지나온 삶의 상처와 더불어 타자의 욕망을 봅니다. 이것은 곧 자기를 돌아보는 행위로 이어집니다. 얼굴은 내 곤란함과 근심, 피로와 누추함을 드러냅니다. 산다는 것은 날마다 자화상을 그리는 일입니다. 자화상이란 안이 뒤집혀 바깥이 되어버린 풍경입니다. 겉은 평온해도 안은 들끓습니다. 한 시인은 "안이 들끓어 밖을 보지 못하는 것은 〔끝없이〕 안을 만들어내기 때문"이라고 합니다. 나는 내 안에 숨은 속물을 드러내는 이 변덕스러운 얼굴이 싫습니다. 그 변덕을 숨기고 싶어서 얼굴에서 도망갑니다. 얼굴에서 도망가지만 멀리 가지는 못합니다. 날마다 거울을 들여다보고도 제 얼굴을 보지 못하는 사람도 있습니다. 거울에서 보아야 할 것은 골상이 아니라 보이지 않는 심상입니다. 사실을 말하자면 겉은 안이고, 안은 겉입니다. 그 둘은 서로를 비추고 있어서 결코 다르지 않습니다. 겉과 안은 하나입니다.

노자는 "거울을 깨끗이 닦아서 어떤 티끌도 없게 할 수 있겠는가?"(『노자』, 10장)라고 묻습니다. 나는 이 장을 도가의 이상 국가론으로 읽었습니다. 그 전제가 "소국과민(小國寡民)"입니다. 노자는 이상 국가의 조건으로 작은 나라 적은 백성을 꼽습니다. '소국'과 '과민'을 도가적 유토피아로 삼은 것은 그래야 소박한 정책, 무위의 정치를 펼 수 있는 조건이 되기 때문입니다. 노자는 항상 작고 부드럽고 소박한 것, 즉 물, 여성, 갓난아이, 골짜기, 통나무에서 도의 본질을 보았습니다. 물과 여성은 약하고 부드럽습니다. 여성성의 원리는 약하지만 강한 것을 이깁니다. "부드러운 것은 굳센 것을 이기고, 약한 것은 강한 것을 이긴다."(『노자』, 78장) 부드럽고 약한 것이 굳세고 강한 것을 이기는 이유는 덕이 있기 때문입니다. 노자는 "거의 아무것도 아닌 것을 보는 것을 밝음이라 하고, 부드러움을 지키는 것을 강하다고 한다"(『노자』, 52장)라고 합니다. 거의 아무것도 아닌 것은 작고 미미한 사물입니다. 노자는 작은 것에 대한 애착을 공공연하게 드러내고, 반면 강하고 장성한 것, 즉 남성이나 어른같이 크고 뻣뻣한 것에 반감을 드러냅니다. "군대가 강하면 이기지 못한다"(『노자』, 76장)라는 구절에도 그 반감이 드러납니다. 군대가 강할수록 나라가 위태로워질 수가 있다고 믿었던 노자가 강성대국을 이상 국가의 모델로 삼았을 가능성은 매우 낮습니다. 큰 국가를 지양하는 것은 나라의 규모가 커질수록 소박함과 무위에서 멀어지는 까닭입니다. 큰 나라가 강하고 굳센 상태를 유지하는 데 소박한 정책은 맞지 않습니다. 큰 것에는 무위가 깃드는 게 힘듭니다. 강성대국이 그 강함을 유지하려면 큰 군대를 꾸려야 하고, 큰 군대를 유지하려면 그 비용도 막대해집니다. 따라서 백성이 내야 할 세금이 늘어날 수밖에 없습니다. 나라가 작고 백성의 수가 적으면 그럴 필요가 없습니다. 작은 나라일수록 소박한 다스림을 펼치기에 좋습니다.

고요에 머물다 – 노자 그 한 줄의 깊이

초판 1쇄 발행 2022년 5월 31일

지은이   발행편집   디자인   제작
장석주   유지희   이기준   제이오

펴낸곳   출판등록
테오리아   2013년 6월 28일 제25100-2015-000033호
            전화 02-3144-7827 팩스 0303-3444-7827
            전자우편 theoriabooks@gmail.com

© 장석주 2022
ISBN 979-11-87789-37-6 (03810)